Dark Romance

BAND 15

CALLIE HART

BLOOD & ROSES

BUCH 3

Aus dem Amerikanischen von Michael Krug

FESTA

Die amerikanische Originalausgabe *Burn – Blood & Roses #3*
erschien 2014 im Verlag Smashwords.

1. Auflage März 2019

Titelbild: Alexander Kopainski

ISBN 978-3-86552-735-6
eBook 978-3-86552-736-3

EINS

Sloane

Julio Perez ist ein Killer.

Er mag lächeln und unbeschwert plaudern, als wir uns in seinem Arbeitszimmer mit ihm treffen, aber ich erkenne in dem Mann das, was er ist: eine gefährliche Kreatur. Vielleicht liegt es an all der Zeit, die ich mit Zeth verbracht habe – mittlerweile kann ich in seinem Gesicht lesen wie in einem Buch. Jedenfalls erkenne ich, dass mein erster Eindruck von Julio in bestimmter Weise anders ist. Zeth und Julio sind aus demselben Holz geschnitzt. Zeth ist auf eine urtümliche, instinktive Weise gefährlich. Er ist einfach so. Das ist die Grundlage von allem, was *ihn* ausmacht. Julio hingegen ist nicht von Natur aus gefährlich. Er hat sich bewusst dafür entschieden. Er hat sich die Angst verdient, die ihn umgibt, und er trägt seine einschüchternde Persönlichkeit wie einen Mantel. Wie etwas, das er nach Belieben an- und ausziehen kann. Ich weiß nicht recht, wer mir mehr Sorgen bereiten sollte: ein Mann, der in Gewalt hineingeboren wurde, oder ein Mann, der sich dafür entschieden hat, in Gewalt hinabzusteigen.

»Und was haben Sie noch mal gesagt, womit Sie sich den Lebensunterhalt verdienen, Miss Hawthorne?«, fragt Julio und streicht mit einer fleischigen Hand über die polierte Platte seines Schreibtisches. Dabei mustert er mich mit skeptisch hochgezogenen Augenbrauen und wartet geduldig darauf, dass ich aufhöre, den Mund zu öffnen und zu schließen wie eine Vollidiotin, und ihm stattdessen antworte.

»Äh … ich …«

»Denn Sie sind offensichtlich keine Prostituierte«, sagt er und schwenkt eine Hand in meine ungefähre Richtung. »Zum einen sind Ihre Titten und Ihr Arsch nicht zur Schau gestellt. Und zweitens heißen Sie *Naomi Hawthorne.* Mir sind noch nicht viele Nutten oder Stripperinnen mit Namen wie Naomi Hawthorne untergekommen.« Er spricht meinen erdachten Namen aus, als wüsste er haargenau, dass er falsch ist.

Scheiße. Als er meinen Nachnamen von mir wissen wollte, habe ich ihm den ersten aufgetischt, der mir eingefallen ist – der meiner Spanischlehrerin aus der High School. Zu dem Zeitpunkt schien es mir eine gute Idee zu sein, allmählich jedoch begreife ich, wie falsch meine Einschätzung war. Ich hätte mir irgendetwas Ausgefalleneres, Schillernderes einfallen lassen sollen. Lovelace zum Beispiel. Einen Nuttennamen, nicht einen Namen, den man vielleicht mit einer Zahnärztin assoziierte. »Richtig«, gestehe ich. »Keine Prostituierte. Ich …«

»Naomi ist Ärztin«, wirft Zeth ein und dreht dabei müßig den Kopf, sieht sich im Raum um, als würde es ihn entsetzlich langweilen, hier zu sein. Dass er so ruhig und gefasst bleiben kann, übersteigt meinen Verstand. Ich schwitze ganze Sturzbäche. Und er sagt Julio die Wahrheit? Herrgott noch mal. Als wäre es für einen mexikanischen Mafiaboss nicht unheimlich einfach herauszufinden, in welchem Krankenhaus ich arbeite. Und dann bin ich völlig im Arsch. Er wird rauskriegen, dass ich nicht diese

Naomi Hawthorne bin. Und dann bringt er mich um und verscharrt mich in einem flachen Grab irgendwo in der Wüste. Man wird meine Leiche nie finden.

»Ärztin?« Julio wirkt zugleich beeindruckt und verwirrt. »Was für eine Ärztin?«

»Unfallchirurgin.« Diesmal antworte ich, ohne zu zögern. Hat keinen Sinn mehr zu lügen.

»Hm. Interessant.«

Zeth schnaubt. »Ach ja?«

Julio wirft ihm einen scharfen Blick zu. »Natürlich, *hijo.* Die Frauen, die normalerweise hier landen, sind nicht so ...«

»Gebildet?« Zeth hat üble Laune. Die nervöse Anspannung, die sein Körper auf dem Weg zum Arbeitszimmer erkennen ließ, hat er inzwischen abgeschüttelt. Er kommt nur noch stinksauer rüber. Und gelangweilt. Ich weiß nicht, ob es echt oder gespielt ist. Falls er es spielt, hat er den Beruf verfehlt und sollte nach Hollywood gehen. Aber sein schlagfertiger Einwand bringt Julio zum Lachen.

»Genau. Sie sind nicht ganz Ihr ... sagen wir *Kaliber,* Naomi. Und wie um alles in der Welt sind Sie im Bett dieses kranken Mistkerls gelandet? Hatte er einen *Unfall* mit seinem Schwanz oder so?«

Zeth schnaubt, sagt aber nichts. Ich entscheide, den Köder zu schlucken – das ist eine erstklassige Gelegenheit, jegliche Zweifel auszuräumen, die Julio über meine Anwesenheit hier vielleicht hat. »Könnte man ungefähr so sagen.« Geziert lächle ich und werfe Zeth einen Seitenblick zu, als würde ich gleich ein obszönes Geheimnis preisgeben. »Ich war zu einer von Zeths Partys eingeladen. Nach einem Blick auf ihn wusste ich, was für eine Behandlung er braucht. Und ja, sein Schwanz hat dabei definitiv eine Rolle gespielt. Obwohl: *Gelitten* hab wohl eher ich unter dem Unfall.«

O ... mein ... gütiger ... Gott.

Ich kann nicht fassen, dass ich mich tatsächlich dazu durchgerungen habe, solche Worte über die Lippen zu bringen. Das Blut schießt mir in die Wangen. Ich fühle bereits, wie sie brennen, und kann nur hoffen, dass Julio mein Erröten der Intensität der erlogenen Erinnerung zuschreibt, nicht meiner Verlegenheit.

Ein Flackern echter Belustigung blitzt in Zeths Augen auf. Plötzlich wird mir klar, dass man meine Äußerung irrtümlich für die Wahrheit halten könnte. Ich war ja *wirklich* bei einer seiner Partys, und ich habe dort *wirklich* mit ihm geschlafen. Und um ganz ehrlich zu sein, hat er mich *wirklich* geradezu lächerlich hart gefickt.

Ich bemühe mich redlich, nicht auf dem Sitz hin und her zu rutschen. Mich beschleicht das Gefühl, dass Zeth diese Entwicklung immens gefällt. Von irgendwo hat er einen Zahnstocher herbeigezaubert, mit dem er sich über die Unterlippe fährt, während er meinen Seitenblick erwidert. Anscheinend ist er nicht mehr gelangweilt.

»Klingt faszinierend. Haben Sie ihn geblasen?«

Mein Kopf schnellt zu Julio herum. Auch Zeth richtet die Augen langsam von mir zurück auf den Mexikaner, bis er den anderen Mann ungerührt anstarrt. Der Zahnstocher in seinen Fingern hält inne, und er presst ihn sich an die Lippen. Mir steigt Hitze in den Hals und lässt mich zweifellos noch dunkler anlaufen. »Wie bitte?«

»Haben Sie seinen Schwanz geblasen?«, will Julio erneut wissen und lacht. Er stellt die Frage, als wäre nichts dabei. Als wäre es nicht im Geringsten schräg, dass er sie stellt.

»Na ja, klar hab ich das.« Ich glaube nicht, dass ich den

verführerisch belustigten Eindruck so gut rüberbringe, wie ich es möchte. Ich klinge mehr wie ein aufgeregtes Schulmädchen als jemand, der mit Zeth Mayfair das Bett geteilt und mitgehalten hat. Wie bin ich nur auf das schmale Brett des Irrglaubens gekommen, ich könnte das? Wird mir nicht gelingen, es über die Bühne zu bringen. Das ist einfach nicht drin. Allein der wissende Ausdruck in Julios Augen verrät es mir deutlich.

Zeth lümmelt neben mir auf seinem Sitz, legt den Kopf in den Nacken, starrt an die Decke und spielt wieder mit seinem Zahnstocher. »Sind wir dann bald fertig? Ich hab gehofft, ich könnte noch ein wenig den Kater würgen, der mich gebissen hat. Mein verfluchter Schädel bringt mich um.«

»Ich sag dir, was gut gegen einen Kater ist, *ese*«, sagt Julio und richtet seine Aufmerksamkeit auf Zeth. »*Den Schwanz gelutscht zu bekommen.*«

Zeth neigt den Kopf nach vorn. Beeindruckt wirkt er dabei nicht. Zum Glück ist Julio zu beschäftigt damit, Zeths Reaktion zu beobachten, um meine zu bemerken, denn mir schießt blankes Grauen in den Leib. Er will, dass ich es tue. Jetzt. Vor ihm. Das ist eindeutig ein Test.

Zeth lächelt, und das Lächeln wirkt fast wie eine Drohung. »Ich hab die Frau erst vor zwei Minuten gefickt. Hast du's nicht gehört?« Er zeigt mit dem Zahnstocher über die Schulter, deutet nicht nur in den Korridor, sondern auch in die jüngste Vergangenheit, in der er mich übers Knie gelegt und mir den Arsch wund geschlagen hat.

Julio zuckt mit den Schultern. »Sicher, hat geklungen, als würdest du sie umbringen. Aber das hübsche Frauenzimmer sitzt ja noch hier und zwirbelt das hübsche Haar zwischen den hübschen Fingern, also weiß ich, dass du's nicht getan hast.« Er grinst Zeth an und beugt sich auf seinem Schreibtisch vor. »Was ist los mit dir, Mann, hm? Kriegst du ihn so schnell nicht wieder hoch? Ich weiß, es liegt nicht daran, dass du schüchtern bist. Immerhin hab ich dich unter diesem Dach schon viele Weiber ficken sehen.«

Bei der Bemerkung ballen sich meine Hände unwillkürlich zu losen Fäusten. Wie bescheuert, dass ich mich ausgerechnet darüber aufrege statt über die Tatsache, dass gerade ein übergewichtiger mexikanischer Jabba von mir verlangt, ich soll vor seinen Augen auf die Knie gehen und einem Kerl einen blasen, vor dem ich mich mehr als ein wenig fürchte.

Zeth nickt langsam, scheint darüber nachzudenken. »Schon möglich. Aber das ist eine ganze Weile her. Inzwischen bin ich ein bisschen ... zurückhaltender geworden.«

»Blödsinn!« Julio lacht, aber seine Wangen färben sich mit jedem verstreichenden Augenblick röter und röter. Dadurch kommt das spinnwebartige, feine Geflecht geplatzter Kapillaren in seinen Wangen zum Vorschein, dunkel und zornig – eindeutig ein Mann, der entschieden zu viel trinkt. Zu oft wütend wird. Und wahrscheinlich auch zu oft seinen Willen bekommt. Aber nicht heute.

»Es tut mir leid, Mr. Perez, aber heute Morgen liefere ich Ihnen keine Privatvorstellung. Sie haben ja bereits festgehalten, dass ich nicht wie Ihre Frauen hier bin. Wenn Sie sich von einer billigen Hure unterhalten lassen wollen, die Zeth einen Blowjob verpasst, dann bitte, nur zu. Aber ich fürchte, dafür müssen Sie sich jemanden suchen, der sich einen geringeren Wert beimisst als ich mir. Vielleicht kann Ihnen eine Ihrer Frauen den Gefallen tun. Ich denke, ich lege mich an den Pool und lese ein wenig.«

Damit erhebe ich mich. Ich kann mich nicht daran erinnern, es getan zu haben, aber ich stehe aufrecht und rücke mein Oberteil zurecht. Gleichzeitig richte ich einen hoffentlich ungerührten Blick auf die beiden verdutzten Männer, die mich anstarren. Zeth sieht aus, als hätte ich gerade einen Eimer Eiswasser über ihn geschüttet. Julios Mund steht offen, die Augen hat er zu verwirrten Schlitzen verengt, als hätte ich die Worte in einer fremden Sprache gesagt, die er eindeutig nicht beherrscht.

Zu behaupten, ich würde aufkeimende Panik verspüren, wäre eine glatte Untertreibung. Nicht einmal Zeth, ein Berg von einem Mann, der sich vor niemandem fürchtet, hat sich Julios Wünschen so unverhohlen widersetzt. Etwas zu spät wird mir klar, dass sich diesem Mexikaner wahrscheinlich noch *niemand* so unverhohlen widersetzt hat. Ich glaube, wenn sich Zeth die Augen zuhalten könnte, würde er es tun.

Julio räuspert sich. Eine Weile blickt er auf seinen Schreibtisch, während ich mich bemühe, nicht vor dem gigantischen Gefühl von Besorgnis zu kapitulieren, das sich plötzlich in meiner Brust ansammelt.

»Also hätten Sie nichts dagegen, wenn ich eine andere Frau hereinkommen ließe, Miss Hawthorne?« Julio stellt die Frage langsam und lässt beachtliche Zurückhaltung erkennen. Auf meinen Handflächen bricht unkontrollierbarer Schweiß aus.

»Natürlich nicht. Wieso auch?« Trotz meiner klammen Hände und immer noch schillernden Wangen weiß ich, dass ich es diesmal richtig hinbekommen habe. Es ist mir gelungen, ein Flair von völliger Gleichgültigkeit gegenüber Zeth zu vermitteln, was mich innerlich jubilieren lässt, während sich äußerlich nur eine leicht hochgezogene

Augenbraue zeigt. »Ich fürchte, Sie schätzen die Dynamik der Beziehung falsch ein, die ich mit Zeth unterhalte, Mr. Perez. Ich bin nicht diejenige, die auf Knien um Bröckchen seiner Zuneigung bettelt. Das Gegenteil ist der Fall.«

Zeth hustet heftig. Nur einmal. Ich glaube, ich habe ihn mit meiner Äußerung genauso sehr schockiert wie mich selbst. Aber ich versuche, keine Reaktion zu zeigen, als ich den Raum seelenruhig verlasse.

Die Tür ist noch kaum geschlossen, bevor ich gegen die Wand sacke. Mein Herz droht in der Brust zu explodieren, wummert wie ein Presslufthammer gegen die Rippen. Mist, Mist, Mist! Was zum Teufel habe ich getan? So sollte das Treffen *nicht* ablaufen. Aber etwas an diesem abstoßenden Mann bringt mein Blut zum Kochen. Er hat für Frauen unübersehbar nur Geringschätzung übrig. Und so selbstverständlich aufgefordert zu werden, mich vor ihm zu erniedrigen … Das wäre auf keinen Fall passiert.

Allerdings habe ich wegen meines unbesonnenen Temperaments gerade ein ziemlich ernstes Problem heraufbeschworen. Ich sollte Julio glauben lassen, ich wäre eine Hure … und anscheinend habe ich gerade angedeutet, *Zeth* sei stattdessen das männliche Pendant.

ZWEI

Sloane

Den restlichen Tag bekomme ich Zeth nicht zu sehen. Ich bekomme überhaupt niemanden zu sehen. Keine Frauen, keine Wachen, niemanden. Alle scheinen verschwunden zu sein. Die Villa vermittelt ein wenig das Flair des Geisterschiffs *Marie Celeste* – halb aufgegessene Mahlzeiten auf den Arbeitsflächen in der Küche, eingeschaltete Fernseher, auf denen mexikanische Seifenopern für ein unsichtbares Publikum laufen. Irgendetwas ist los, und ich ertappe mich dabei, zu hoffen und zu beten, dass es nichts mit einem bestimmten dunkelhaarigen Freund von mir zu tun hat.

Ich gehe hinaus zum Pool und lese, wie ich es angekündigt habe. Allerdings wandern meine Augen bloß über die Seiten, nehmen die Schrift nur als schwarze Schnörkel auf weißem Hintergrund wahr, während ich die vergangenen 24 Stunden Revue passieren lasse.

Ich bin auf der Flucht gewesen, habe mich damit auseinandergesetzt, meinen Vater zum ersten Mal seit zwölf Monaten wiederzusehen, bin mit Waffen bedroht worden und habe Zorn zu spüren bekommen – den Zorn eines wutentbrannten … ja, was eigentlich? *Lovers? Bekannten?* Jedenfalls ist mir für meinen Ungehorsam gnadenlos der Hintern versohlt worden.

Und jetzt habe ich als Draufgabe noch einem mexikanischen Bandenboss vorgeflunkert, ich hätte bei Zeth

Mayfair das Heft in der Hand. Nichts könnte weiter von der Wahrheit entfernt sein. Nichts. Bestimmt hat Julio durchschaut, dass ich völligen Quatsch geredet habe, oder? Ich meine, man braucht nur einen Blick auf Zeth zu werfen, und schon ist ziemlich offensichtlich, dass er kein Mann ist, der sich irgendjemandem beugt. Schon gar nicht jemandem, der ihm körperlich so unterlegen ist. Einer Frau. *Mir.*

Es ist mindestens vier Uhr, als ich das nächste Mal eine Menschenseele zu Gesicht bekomme. Eine Frau, groß und gertenschlank, mit Haaren der Farbe von Kupfer und Zimt. Sie stolziert über den Hof, die Augen unter einer riesigen, dunklen Sonnenbrille verborgen. Ihr Weg führt sie zu mir. Bei ihrem Gang schwingt sie betont die Hüften. Sie trägt einen einteiligen Badeanzug, doch die Ausschnitte an den Seiten zeigen jede Menge nackter Haut. Ihre Möpse entsprechen der Art, die man sonst nur in Musikvideos sieht. Der Art, bei der man sich sagt, sie *müssen* einfach künstlich sein, obwohl man nur allzu gut weiß, sie sind echt. Beeindruckend wippen sie bei jedem Schritt, mit dem sie sich nähert.

Als sie unmittelbar vor mir steht, stemmt sie die Hände in die Hüften und streckt ein Bein zur klassischen Laufstegpose eines Supermodels vor. Ihr ernster Gesichtsausdruck ist zugleich einschüchternd und schwer zu deuten, vor allem wegen der gewaltigen Sonnenbrille auf ihrer Nase.

»Marica Dela Rosa«, sagt sie.

»Marica Dela Rosa?«

»Ja.« Die Rothaarige lässt sich mit der Eleganz eines Schwans, der das Gefieder faltet, auf der Sonnenliege vor mir nieder. »Julios Mutter war in den 1950ern eine spanische Schauspielerin. Sie hat Opern gesungen, ob du's glaubst oder nicht. Niemand konnte die Casta Diva damals klarer geben. *Sie* war die Letzte, die Julio so verärgert hat wie du heute Morgen.« Aus einem kleinen Schwimmbeutel, den sie mitgebracht hat, holt sie eine Zigarette und zündet sie an. Ihre Lippen bilden einen Schmollmund mit einem perfekt runden O. »Das war vor sieben Jahren. Und er wird deswegen immer noch wütend.«

»Und was hat Marica Dela Rosa, die Opernsängerin, getan, um Julio so schlimm zu verärgern?«

»Na, sie ist gestorben.« Die Rothaarige zieht an der Zigarette, behält den Rauch eine Weile in der Lunge, neigt den Kopf dem Sonnenschein entgegen und atmet dann aus. Der Rauch kräuselt sich in dünnen Ranken aus ihrem Mund und ihrer Nase, wie eine gespenstische Hand, die ihr Gesicht liebkost. »Julio hat das alte Miststück geliebt. Ich glaube, wenn es nach ihm gegangen wäre, dann hätte sie ewig gelebt. Wenn es nach ihr gegangen wäre, wahrscheinlich auch, wenn ich so darüber nachdenke.« Die Rothaarige brummt und lächelt kurz. »Schätze, das Universum hat sie beide enttäuscht. Eines Morgens beim Frühstück hatte sie einen schweren Herzinfarkt und ist mit dem Gesicht mitten in ihren *huevos rancheros* gelandet.«

Bei den Worten mutiert ihr Lächeln zu einem vollwertigen Lachen – einem glockenhellen, perfekten und femininen Lachen, dennoch empfinde ich es auf Anhieb als gekünstelt. Genauso künstlich wie den Busen. Aber vermutlich ist mein erster Eindruck falsch und voreingenommen. Diese Frau erscheint mir … sie erscheint recht entgegenkommend, wenn auch ein bisschen abrupt.

Sie schiebt die Sonnenbrille auf der Nase nach unten, um mich darüber mit leicht schrägen, dunkelblauen

Augen anzusehen. Katzenaugen. Und eine merkwürdige Farbe für jemanden mit so rotem Haar. »Ich schätze mal, du weißt nicht, wer ich bin, oder?«, sagt sie.

»Leider nicht«, antworte ich. Dabei frage ich mich, ob ich ihr die Hand schütteln soll oder so. Ist das etwas, das Prostituierte tun? Ist sie überhaupt eine? Julio hat angedeutet, dass die Mehrheit der Frauen in der Anlage nicht unbedingt Freidenker sind, aber dieses Exemplar scheint mir aufgeweckt und teuflisch intelligent zu sein. Sie legt den Kopf schief und mustert mich von Kopf bis Fuß. »Ich bin Alaska. Julios Geliebte. Du musst dann wohl Zeths verrückter Eindringling sein, richtig? Da du unangekündigt mitten in der Nacht aufgekreuzt bist, hattest du wohl vor, dich umzubringen, vermute ich.«

Da lache auch ich und zucke mit einer Schulter, versuche so, einen der furchterregendsten Augenblicke meines Lebens herunterzuspielen. »Ja, das bin ich. Freut mich, dich kennenzulernen.«

Das scheint sie zu überraschen, als käme mein verhaltener und rein unterbewusster Versuch von Höflichkeit völlig unerwartet. »Tatsächlich?« Sie verstummt, starrt mich weiter an. Offenbar wartet sie auf eine Antwort.

»Na ja, schon. Ich meine, du bist seit meiner Ankunft die erste Person, die mich nicht anbrüllt, mir keine Kanone vors Gesicht hält oder von mir verlangt, dass ich vor ihren Augen sexuelle Handlungen vollziehe.«

Darüber jedoch lacht Alaska nicht. Nur ein amüsiertes Lächeln zupft an ihren Lippen. Nach einem weiteren Zug an der Zigarette bläst sie den Rauch ungefähr in meine Richtung aus. »Ach, Schätzchen. Wart's ab.« Dann verzieht sie das Gesicht, wirft einen angewiderten Blick auf die Zigarette in ihrer Hand und schnippt sie zerstreut in den Swimmingpool. Ein leises, kurzes Zischen ertönt, als die Kippe im Wasser landet und erlischt. »Ist zu verflucht heiß zum Rauchen.« Sie steht auf, schiebt die Sonnenbrille wieder die Nase hoch und verbirgt dadurch diese intelligenten, leicht gefährlich wirkenden Katzenaugen. »Julio sagt, wegen deines Arrangements mit Zee steht es dir frei abzulehnen, aber die Mädels beginnen alle bald, sich für die Party morgen vorzubereiten. Wenn du dich ihnen gegenüber nicht arschig verhältst, werden sie auch nett sein. Liegt ganz bei dir.«

Alaskas Ton hat sich in der Zeit, die sie mit mir redet, nicht stark verändert, aber ihre schnippische und unverhohlen passiv-aggressive Haltung verrät mir eine Menge. Ich habe mich geirrt. Sie ist überhaupt nicht entgegenkommend. Sie ist alles andere als glücklich über meine Anwesenheit hier, und sie ist definitiv nicht glücklich über mein *Arrangement* mit Zee. Vermutlich hat man ihr erzählt, dass ich heute Morgen behauptet habe, ich hätte bei uns die Hosen an. Oder vielleicht hält sie mich auch bloß für Zeths Fickstück.

So oder so, ich bin schlau genug zu merken, dass es ihr nicht passt. Als Ärztin oder Arzt verbringt man viel Zeit des Tages damit, von Menschen, mit denen man zu tun hat, angelogen zu werden. Über die Drogen, die sie eingeworfen haben. Über das Warum und das Wie ihrer Schussverletzungen. Darüber, wie viele Drinks sie hatten. Ob sie diejenigen hinter dem Lenkrad waren. Für mich fällt mittlerweile alles unter dieselbe Kategorie. Es gibt Menschen, die Dinge verbergen, und Menschen, die tun es nicht. Und Alaska verbirgt eindeutig etwas.

»Sie treffen sich nach dem Abendessen hinten im Damenhaus. Du musst den Wachen sagen, dass Julio sein

Okay dazu gegeben hat, bevor du rübergehst. Wahrscheinlich knallen sie dich sonst ab.«

Sie wartet keine Erwiderung von mir ab, sondern geht hinüber zum Pool und hechtet hinein. Ihr Körper beschreibt in der Luft einen so perfekten Bogen, dass kaum Wasser aufspritzt. Ich greife mir mein Buch und kehre zurück in die Villa, bevor Alaska das Becken durchqueren kann. Irgendetwas an ihr behagt mir ganz und gar nicht. Mich beschleicht das Gefühl, dass ich noch nicht die echte Alaska kennengelernt habe. Und ich bezweifle stark, dass sie eine Verbesserung gegenüber der Version sein wird, die sich mir gerade vorgestellt hat. Immerhin hat sie es selbst angedeutet. *Ach, Schätzchen. Wart's ab.* Und ich kann mir die rothaarige Alaska gut mit einer Schusswaffe in der Hand vorstellen.

Zeth

Bisher haben mich noch wenige Dinge im Leben auf dem falschen Fuß erwischt. Ich habe mir angewöhnt, von beschissenen Leuten beschissene Dinge zu erwarten. Deshalb überrascht es mich nicht weiter, wenn einer von Charlies Jungs oder sogar einer meiner eigenen Jungs etwas völlig Bescheuertes anstellt. Aber Sloane … Scheiße, *Sloane* überrascht mich immer wieder. Manchmal auf wirklich gute, unterhaltsame oder unheimlich geile Weise. Und manchmal auf unsagbar dämliche, idiotische Weise.

Ich habe noch nicht entschieden, in welche Kategorie ihr Auftritt heute Morgen fällt, aber sobald ich das getan habe, werde ich dafür sorgen, dass sie auf die eine oder andere Weise dafür bezahlt. Sie muss wissen, dass sie solche Scheiße hier nicht abziehen kann. Nicht wenn sie überleben will. Und ich mag nicht viel *sein* und nicht viel *haben,* trotzdem hänge auch ich irgendwie an meinem Leben. Und ich möchte so lange wie möglich daran festhalten.

Ich werde ihr nicht von Julios Reaktion erzählen, nachdem sie sein Arbeitszimmer verlassen hatte. Sonst würde sie bloß denken, es wäre in Ordnung, so mit ihm zu reden, und das ist es absolut nicht. Es ist nicht in Ordnung, wenn ich es täte. Oder Alaska. Oder Charlie. Oder *irgendjemand.* Deshalb war ich umso überraschter, als er gelacht hat. Ich war voll und ganz überzeugt, er würde seine Knarre ziehen und ihr in den Hinterkopf schießen, als sie gegangen ist. Stattdessen hat er gelacht wie eine verfickte Hyäne. Zu mir hat er unter anderem gemeint, er könne voll und ganz verstehen, wieso ich sie hergeholt habe.

»Wenn sie dich abgenutzt hat, Mann, dann schickst du sie direkt zu mir weiter, in Ordnung? Ich hätte nichts dagegen, ein so herrliches Stück Muschi an mir herumspielen zu lassen.«

Wie sich herausgestellt hat, war Sloane nur die Hälfte dessen, was Julio besprechen wollte, und nachdem er entschieden hatte, dass sie keine Bedrohung darstellt, ist er prompt zu seinem anderen Anliegen übergegangen: Charlie.

»Ich werd dich heute bei mir brauchen, Zeth. Du musst mir erklären, warum du wie ein Hund mit eingezogenem Schwanz von zu Hause Reißaus genommen hast. Außerdem könnte ich deine Hilfe brauchen. Ich muss mich um was Geschäftliches kümmern.«

Es gab nicht viel, was ich tun oder sagen konnte, um mich zu weigern. Sonst wäre ich schuldig wie die Hölle rübergekommen. »Klar. Ich helf dir gern.« *Ich verpass dir auch gern eine Kugel in den Hinterkopf. Ich steck den ganzen Scheißort hier gern in Brand und tanz dann um das Inferno wie ein gottverdammter Irrer.* »Um was für eine Art von Geschäft geht's?«

»Gibt es denn mehr als eine Art?«, hat er erwidert und mit den Schultern gezuckt. Und so sind wir in seinem Keller gelandet.

Hier unten bin ich vorher noch nie gewesen. Der Keller eines Mannes ist in der Regel der Ort, an dem er seine dunkelste Scheiße versteckt. Wenn man im Keller endet, gehört man entweder zum inneren Kreis – oder ist total im Arsch. Ich hoffe auf Ersteres, obwohl offen gestanden Letzteres wahrscheinlicher ist.

Das Untergeschoss besteht aus einer Reihe kleiner Räume, kahle Betonverschläge ohne Einrichtung und mit nackten Glühbirnen, die von der Decke baumeln. Es ist klar, was hier unten abläuft – die Abflussgitter, die ich in der Mitte jedes Raums sehe, den wir passieren, schockieren mich nicht im Geringsten.

Im dritten Raum, an dem wir vorbeigehen, hat man ein Krankenhausbett aufgestellt. Andreas Medina liegt darin, angeschlossen an eine Infusion, den rechten Arm in Gips. Er sieht fern, schaut dabei aber dauerhaft finster drein – Andreas ist eindeutig immer noch stinksauer, weil ich ihn aufgemischt habe. Aber mir war nicht bewusst, dass ich ihm den Arm gebrochen habe. Das macht mich unfassbar glücklich. Der Drecksack hätte Sloane nie anrühren sollen.

Andreas bemerkt, wie wir vorbeigehen, und versucht, sich aufzusetzen, aber wir sind bereits weg, als er uns etwas Beleidigendes auf Spanisch den Korridor entlang hinterherbrüllt.

Wir passieren weitere offene Türen, bis wir eine am anderen Ende des Gangs erreichen, die geschlossen ist. Ich weiß bereits, wer sich in dem Zimmer befindet. Ich habe den Kerl nicht vergessen, den Julio dabei erwischt hat, wie er vor der Anlage den Frauen nachspioniert hat. Auch die Fotos, die Julio mir gezeigt hat, habe ich nicht vergessen.

Michael ist hinter dieser Tür, und ich bete bei allem, was mir heilig ist, dass er noch lebt. Sonst spüle ich meine Tarnung hier und jetzt das Klo runter und bringe jeden einzelnen Arsch in Reichweite um. Wahrscheinlich würde ich bei dem Versuch draufgehen, nur ändert dieses Wissen nicht viel. Ich würde nicht in der Lage sein, mich zu beherrschen. Und dann wäre wirklich alles im Arsch. *Sloane.* Ich kann sie nicht beschützen, wenn ich tot bin.

»Teo, übernimm die Tür«, befiehlt Julio dem anderen Wachmann, der mit Andreas zusammen war, als ich in der Anlage eingetroffen bin. Aber Teo ist nicht wie Andreas. Er tut, was ihm gesagt wird, ohne je seine verschissene Meinung über irgendetwas kundzutun. Und er scheint mich nicht so zu hassen wie Andreas. Er erledigt einfach seinen Job und hält die Klappe.

Die meisten Menschen würden ihn dadurch vermutlich für eine geringere Bedrohung für jemanden wie mich halten, allerdings trifft das Gegenteil zu. Andreas hat mir sein Blatt gezeigt. Jedes Mal wenn ich den Penner ansehe, weiß ich, was sich in seinem verfickten Schädel abspielt. Aber ich habe keine Ahnung, was in Teos Kopf vor sich geht. Das macht ihn zu einer unbekannten Größe. Zu einer Bedrohung.

Teo gibt sich durch und durch professionell, als er die Tür öffnet, und ich wappne mich für das, was uns auf der anderen Seite erwartet. Werde ich gleich einen Haufen Leute töten? Oder werde ich mein Schauspielergesicht aufsetzen? Julios Masse versperrt mir einen Moment lang die Sicht, dann jedoch erblicke ich ihn.

Michael.

Er sitzt auf einem Lehnsessel, seine Hände befinden sich in Handschellen, und er sieht fern. Abgesehen von dem Lehnsessel und dem Fernseher, der auf einem splitterigen Tisch aus Holz steht, enthält der Raum keinerlei Möbel.

Michael schaut nicht zu uns auf, als wir eintreten, sitzt nur aufrecht in dem Sessel, die Augen auf den Bildschirm gerichtet. Julios Fotos von Michael, die nach seiner Ergreifung geschossen wurden, hatten bereits ein, zwei Versuche gezeigt, ihn zum Reden zu bringen – er hatte auf den Bildern ein übles blaues Auge und aufgeplatzte Lippen.

Ich bin davon ausgegangen, sie hätten in der Zwischenzeit mit der Überzeugungsarbeit weitergemacht, doch merkwürdigerweise sieht es so aus, als hätte ich mich geirrt. Es geht ihm gut. Okay, nicht wirklich *gut,* aber sie hätten ihn wesentlich übler zurichten können. Sein blaues Auge zeichnet sich violett schillernd gegen den Kaffeeton seiner Haut ab, die Ränder jedoch haben sich gelblich verfärbt, und auf seinen Lippen hat sich mittlerweile Schorf gebildet.

Julio watschelt in den Raum, bleibt stehen und betrachtet einen Moment lang den Fernseher.

»America's Next Top Model, ja? Bist du schwul, *ese?*«, fragt Julio im Plauderton, als wäre er aufrichtig an Michaels sexueller Orientierung interessiert.

Michael, mein Mann, meine rechte Hand, grinst aus dem Mundwinkel und zieht eine Augenbraue hoch. »Genau. Deshalb hab ich mir auch all die Frauen angesehen, die du hier eingesperrt hast. Weil ich schwul bin.«

Julio schnaubt und nickt langsam. Schließlich löst Michael den gleichgültigen Blick vom Fernseher und lässt ihn über Julio, mich und den schweigenden Teo hinter uns wandern. Michael verzieht keine Miene, als er mich sieht. Innerlich juble ich wie ein verfickter Vollidiot. Im Ernst. Die meisten Menschen würden zucken oder sich zumindest irgendwie anmerken lassen, dass sie einen erkennen – nicht so Michael. Er weiß, wie der Hase läuft.

»Tja«, sagt Julio, »schätze, die Sendung liefert Erkenntnisse, wie der Verstand einer Frau funktioniert. Schon was Interessantes erfahren?«

»Dass sie alle durchgeknallte Schlampen sind?« Michael reibt sich mit dem Handrücken die Nase, scheint sich in seiner Umgebung rundum wohlzufühlen. Bestimmt gibt er sich schon so, seit sie ihn hier unten festhalten, was die Mexikaner, vor allem Andreas, förmlich in den Wahnsinn getrieben haben muss.

Das Problem daran ist nur: Ein willkürlicher Perverser, der Nutten nachspioniert, würde sich nicht so seelenruhig verhalten, sondern sich wahrscheinlich in die Hose scheißen. Die Mexikaner mögen nichts gegen Michael in der Hand haben, aber sein Auftreten allein verrät ihnen genug. Er ist nicht bloß irgendein Perverser. Er ist *jemand*. Jemand, den letztlich irgendjemand anders vermissen wird.

Julio geht zu Michaels Sessel und ergreift die Fernbedienung. Er schaltet den Fernseher aus, was Michael zu einem müden Schnauben und dazu bewegt, dass er sich uns letztlich zudreht.

Unsere Blicke begegnen sich dabei für den Bruchteil einer Sekunde, und ich erhalte gar nichts. Keine Warnung. Kein Aufflackern von Erkennen. Nichts. Es juckt mich in den Fingern, ihm irgendeine Botschaft zu übermitteln, aber das tue ich nicht. Sonst wären wir im Handumdrehen beide tot. Das weiß Michael bereits. »Wie ich sehe, hast du die schwere Artillerie mitgebracht«, sagt er.

Julio schnippt mit den Fingern, und Teo eilt aus dem Raum. Sie haben das eindeutig schon öfter zelebriert. »Ja. Ich fahre extra für dich die schweren Geschütze auf, Kumpel. Wir haben dir etwas Zeit gelassen, um darüber nachzudenken, was du getan hast und warum du hier bist. Jetzt sind wir zum Plaudern gekommen. Irgendetwas Besonderes, worüber du reden möchtest, *ese?*«

An der Stelle kehrt Teo mit einem Holzstuhl in jeder Hand zurück. Er stellt sie vor Michael, und Julio setzt sich auf einen davon. Der andere ist offenbar für mich. Ich nehme Platz und versuche mir auszumalen, wie zum Teufel das jetzt ablaufen wird. Jedenfalls nicht gut, vermute ich. Eher richtig beschissen übel.

»Nicht wirklich«, sagt Michael und lässt den Kopf zur Seite kippen. Sein Hemd ist verdammt dreckig, von Blut besudelt – aber nicht von seinem Blut. Seine Lippen können nicht so stark geblutet haben, und seine Nase ist unversehrt. Was bedeutet, dass es von jemand anderem stammen muss. Das freut mich mächtig. Mein Michael ist verflucht gefährlich, wenn er es sein muss.

Allerdings zeigt sich Julio von seiner demonstrativen Lässigkeit wenig beeindruckt. Er beugt sich vor. Der Stuhl knarrt unter ihm, als sich sein beträchtliches Gewicht verlagert. »Ich hab im Augenblick keine Zeit, jemanden zu foltern. Ich werd dir jetzt zwei Fragen stellen, und danach benutzen wir keine Worte mehr. Hast du mich verstanden?«

Michael erübrigt einen kurzen Blick von Julio zu mir, dann zu Teo, als wöge er seine Möglichkeiten ab. Sogar ich weiß, dass sie im Augenblick ziemlich trostlos aussehen. Aber Michael weiß auch, dass ich ihm den Rücken decke. Ich werde die Dinge nicht zu weit gehen lassen, bevor ich eingreife. »Klar«, antwortet er. »Du kannst mir deine zwei Fragen stellen. Ich hab null Problem damit, alles zu beantworten, was du mich fragst.«

Julio quittiert die Äußerung mit einem knappen Nicken. »Siehst du diesen Mann?« Er zeigt mit dem Daumen nach rechts. Auf mich. Michael nickt, und in Julios selbstgefälliger, fetter Fresse breitet sich ein übertrieben freundliches Lächeln aus. »Großartig. Hast du diesen Mann schon mal gesehen?«

»Nein.«

»Bist du sicher? Du hast noch nie den Namen Zeth Mayfair gehört?«

»Noch nie, Mann.« Michaels Miene gleicht einer Ziegelsteinmauer, als er leugnet, mich zu kennen. Wir sind seit knapp acht Jahren Freunde, Geschäftspartner und Saufkumpane, aber wenn man Michael direkt in die Augen sieht, würde man nie auf die Idee kommen, er könnte lügen. Man merkt ihm keinerlei Durchtriebenheit an – sein Blick ist offen, kein einziger Tick verrät ihn. Man könnte diesen Kerl an einen Lügendetektor anschließen, und er würde ihn mit seinem Charme glatt dazu bringen, aus dem Slip zu hüpfen. Aber Julio ist ein hartnäckiger Mistkerl.

»Hast du schon mal den Namen Charlie Holsan gehört?«

»Nein.«

»Also bist du von niemandem mit dem Namen angeheuert worden? Um diesem Mann in mein Zuhause zu folgen? Um den Frieden hier zu stören?«

Heilige Scheiße. Also vermutet Julio, dass Michael von Charlie hergeschickt worden ist, um mir nachzuspionieren? Ich schätze, für Julio ist es das Einzige, was Sinn ergibt, nur ist mir nie der Gedanke gekommen, dass er zu dem Schluss gelangen könnte. Dafür war ich zu besorgt, dass der wahre Grund eklatant offensichtlich wäre.

Was jedoch nicht der Fall ist. Julio hat keine Veranlassung zu vermuten, ich könnte mit der Absicht hergekommen sein, eine Frau von ihm zu stehlen. Ich meine, warum sollte er das glauben? Das wäre nicht nur dumm. Das wäre verfluchter Selbstmord.

»Das hab ich dir schon gesagt. Ich kenne diesen Kerl nicht und hab diesen Namen noch nie gehört. Ich bin unlängst mit einer fetten Abfindung entlassen worden«, erklärt Michael, als hätte er die Geschichte schon davor erzählen müssen. »Mein Cousin hat mir von dem Ort hier erzählt. Er hat gesagt, ihr hättet hier erstklassige Muschis, also dachte ich mir, das schau ich mir mal an. Wollte die Weiber aber zuerst sehen. Hatte keine Lust, mein Geld und meine Zeit für abgehalfterte, verdorrte Huren zu verschwenden.«

Das also ist die Geschichte, die Michael erzählt. Er muss das Geld, das ich ihm gegeben habe, bei sich gehabt haben, als ihn Andreas und seine Leute aufgegriffen haben – es war eine Menge Bares. Zu viel, als dass es ein Durchschnittsbürger einfach so mit sich herumtragen würde. Aber genug, wenn man vorhätte, sich ein, zwei Frauen von Julio Perez zu leihen.

Das Problem ist nur: Wer Bescheid weiß und eine Frau will, der weiß auch, dass man nicht einfach so bei Julio aufkreuzen kann. Auch das ist praktisch Selbstmord.

Teo verlagert den Griff um das Sturmgewehr, das er hält, als ihm wohl exakt dasselbe durch den Kopf geht. Julio nickt dazu, denkt darüber nach. Er glaubt es vielleicht nicht, aber er denkt eindeutig darüber nach.

»Wer ist dein Cousin? Jemand, der oft hierherkommt?«

Das ist eine wichtige Frage. Wenn sich Michael weigert, Julio den Namen seines Cousins zu nennen, ist er tot. Wenn sich Michael irgendeinen Namen ausdenkt und Julio merkt, dass er lügt, ist er tot. Ich habe keine Ahnung, wie er sich aus der Affäre ziehen will.

Ich setze mich auf dem Stuhl etwas aufrechter hin, wappne mich. Wenn ich sehe, wie Julio oder Teo zur Waffe greift, bin ich auf den Beinen und greife sie an, bevor sie eine Kugel abfeuern können.

Hoffentlich.

Michael wirkt immer noch nicht besorgt von der Situation. Ich muss zugeben, ich wusste, dass Michael eiskalt ist, aber im Augenblick beobachte ich seinen langsamen, steten Puls an der Halsschlagader, und man nimmt ihn kaum wahr. Selbst ich würde ein wenig schwitzen, wenn ich an seiner Stelle säße und in den Lauf einer Knarre starren würde, die mich in weniger als zwei Sekunden durchlöchern könnte. »Also, mein Cousin ist hier auf jeden Fall Stammgast. Ich könnte dir seinen richtigen Namen sagen, nur glaube ich nicht, dass er davon allzu beeindruckt wäre.«

Von der Antwort wirkt im Augenblick Julio wenig beeindruckt. »Jetzt ist nicht der richtige Zeitpunkt, um rumzueiern, *ese*. Bitte versteh doch, du bist kurz davor, eine Kugel in den Hinterkopf zu bekommen und an irgendeinem ziemlich unangenehmen Ort verscharrt zu werden. Ich fordere dich auf, dich dementsprechend zu verhalten.«

Darüber schmunzelt Michael. »Dann sollte ich deiner Aufforderung wohl besser nachkommen. Den Taufnamen meines Cousins kann ich dir nicht verraten, aber ich bin sicher, du kennst den Namen *Rebel,* oder?«

Julio saugt die Luft ein, als hätte ihm Michael einen überraschenden Schlag in die Magengrube verpasst. Einen Moment lang krümmt er sich, als er versucht, wieder zu Atem zu gelangen. Teo reagiert auf Julios Überraschung, indem er mit einem Klicken das Sturmgewehr entsichert, einen Schritt vortritt und nervös hüstelt. Am liebsten würde er Michael abknallen, oder er will zumindest, dass Julio weiß, er würde Michael gern erschießen. Julio winkt ihn sofort mit einer eindringlichen Geste aus dem Handgelenk zurück. »Du bist Rebels Cousin?«

Michael lächelt breit, aus seinen Augen spricht Belustigung. »Falls das noch keine ausreichende Empfehlung für dich ist, sein Vater ist außerdem mein Pate.«

»Hast du das zufällig Andreas gegenüber erwähnt, als er dich hier runtergebracht hat?« Julios Gesicht hat eine ziemlich ungesunde Farbe angenommen. Außerdem glänzt ein beträchtlicher Schweißfilm darauf, wodurch er insgesamt den Eindruck vermittelt, als ginge es ihm entschieden schlecht.

»Er hat nicht danach gefragt.« Michael zieht beide Schultern und Augenbrauen gleichzeitig hoch, der Inbegriff eines Ausdrucks von Gleichgültigkeit. »Er schien mir eher daran interessiert, seine Fäuste an mir zu benutzen. Da ist nicht viel Zeit zum Reden geblieben.«

Ich habe während des gesamten Wortwechsels angespannt auf dem Rand meines Sitzes ausgeharrt. Zum Glück sind Teo und Julio zu sehr von Michaels Enthüllung abgelenkt, um groß auf meine Reaktion zu achten. Und ehrlich gesagt habe ich keine rechte Idee, wie ich reagieren sollte. Michael ist ein Idiot. Er ist ein Schwachkopf reinsten Wassers, dass er Julio diese Lüge auftischt. Als Nächstes wird Julio nämlich Rebel anrufen und ihn fragen, ob er in der Gegend irgendwelche Angehörigen hat, die unangekündigt bei ihm auf der Matte stehen könnten. An der Stelle wird Rebel antworten: »Nein! Natürlich nicht! Mach den verlogenen Pisser besser alle, um kein Risiko einzugehen.«

Rebel ist ein Kerl, mit dem man sich besser nicht anlegt. Ein Kerl der Art, vor dem selbst Gangbosse das Zittern kriegen. Ein Kerl mit genug Macht, um jede Operation in den Vereinigten Staaten stillzulegen, die ihm nicht in den Kram passt, ob legal oder illegal. Als Obermacker der größten Motorradgang in Kalifornien, New Mexico, Washington und Oregon zusammen ist Rebel zudem dasselbe miese Stück Scheiße, das Eli vor zwei Jahren ein Angebot für Sloanes Jungfräulichkeit unterbreitet hat. Er ist ein gewalttätiger Motherfucker. Noch gewalttätiger als ich. Er hat beim Menschenhandel ein Faible für junge Frauen – er kauft sie oder engagiert sie, wonach sie tendenziell verschwinden. Deshalb habe ich eingegriffen, als ich das von Sloane erfahren habe. Und Michael hat gerade behauptet, mit dem Mann verwandt zu sein.

Kann die Lage überhaupt noch schlimmer werden? Wahrscheinlich nicht. Julio scheint nicht recht zu wissen, wie er damit umgehen soll. Er lehnt sich zurück und kratzt sich am Wanst. Dann beugt er sich mit finsterer

Miene wieder vor. »Und was schlägst du vor, wie ich deine Behauptung überprüfen soll? Denn es ist eine verfickt wilde Behauptung, *ese*. Weißt du, wenn du mich anlügst, kann ich dich jetzt nicht mehr einfach umbringen. Dann muss ich von meinen Jungs die Scheiße aus dir rausprügeln und dich anschließend von ihnen ins Leben zurückholen lassen, damit dich Rebel dafür umbringen kann, dass du seinen Namen benutzt hast.«

Heilige, verfickte Scheiße, er hat recht. Er hat absolut recht. Rebel wird Michael zweifellos höchstpersönlich erledigen wollen.

Michael jedoch zuckt angesichts der Beschreibung, was ihm blüht, falls er lügt, mit keiner Wimper. Im Gegenteil, er wirkt höchstens noch ruhiger als je zuvor.

»Ich sag dir was, *Señor* Perez«, meint er mit genug Respektlosigkeit in der Stimme, dass sich mir alles zusammenzieht. »Warum schießt du kein Foto meines unverschämt gut aussehenden Gesichts und schickst es meinem Cousin? Er wird dir prompt bestätigen, dass wir blutsverwandt sind.«

Die Rädchen in Julios Kopf knirschen protestierend, als er den Vorschlag überdenkt. Schließlich entscheidet er, dass es wohl die einzige Möglichkeit ist, um zu bestätigen, was ihm Michael erzählt hat. Er schießt mit dem Handy ein Foto und tippt eine kurze Nachricht. Dann gibt sein Telefon einen Piepton von sich: abgeschickt.

Die nächsten Minuten sind brutal. Julios Handy liegt auf seinem Knie, während er Michael anstarrt. Er mag fett sein und in die Jahre kommen, dennoch lässt sich die Bedrohung in seinen Augen nicht übersehen.

Ich habe immer gewusst, dass ich irgendwann einen eher grausigen Tod erleiden werde – man kann Kugeln nur eine gewisse Zeit lang ausweichen, bis sie letztlich etwas Lebensnotwendiges treffen. Aber ich muss zugeben, ich hätte nie gedacht, dass es in einem mexikanischen Bordell passieren würde. Und ich hätte nie gedacht, dass ich solche Angst um die Sicherheit der Frau ausstehen würde, die ich mitten unter den Mexikanern zurücklassen werde, wenn ich …

Ein grellweißes Licht erhellt das Display von Julios Handy, und das Ding hüpft ihm beinah vom Bein, als es zu vibrieren anfängt. Er ruft an. Rebel ruft tatsächlich an. Eine SMS hätte es auch getan. Eine kurze Nachricht, um Julio wissen zu lassen, dass er verarscht wird. Aber nein. Ein Anruf. Was zum Teufel bedeutet das?

Michael betrachtet mit hochgezogener Augenbraue das Telefon. »Wenn du meinen Cousin kennst, dann weißt du auch, wie sehr es ihm widerstrebt, wenn man ihn warten lässt.«

Ein schleichender Verdacht nistet sich in meinem Hinterkopf ein. Aber es scheint schlichtweg ausgeschlossen zu sein. Auf keinen Fall sollte Michael jetzt immer noch so selbstsicher rüberkommen. Es sei denn … es sei denn …

»Rebel, mein Freund«, geht Julio verhalten ran, als würde er gerade dieselbe Schlussfolgerung verarbeiten wie ich. »Dir geht's doch gut, ja? Tut mir leid, dich zu belästigen, noch dazu mit einer solchen …«

Die tiefe, grollende Stimme am anderen Ende der Leitung schneidet ihm das Wort ab. Julios Augen werden groß und rund, als er lauscht. Die Finger seiner freien Hand klopfen abwesend gegen die Seite seines Stuhls. Auch Teo ist angespannt. Er sieht erst Michael an, dann mich, und rechnet eindeutig damit, dass einer von uns die Gelegenheit nutzen wird, Julio anzugreifen, während er abgelenkt ist. Unabhängig davon, ob diese Typen glauben, dass Michael und ich uns nicht kennen, es lässt sich nicht übersehen, dass sie auch mir nicht über den Weg trauen.

»Also, ich kann dir versichern, dass ich das nicht angeordnet habe, mein Freund. Ich bin …« Julio schließt die Augen und atmet scharf aus. Er kneift sich mit zwei Fingern den Nasenrücken. »Ich weiß. Es …« Sieht nicht so aus, als wäre Rebel in der Stimmung, Julio zu Wort kommen zu lassen. Aus den Augen des Mexikaners entweicht alle Farbe, als er sich anhört, was immer der Mann am anderen Ende der Leitung zu sagen hat. »Ja, da stimme ich dir zu, mein Freund. Ich stimme dir total zu. Es ist inakzept…«

Gedämpftes Gebrüll dröhnt aus dem Lautsprecher des Telefons, und dann … nichts mehr. Julio lässt das Handy sinken und starrt auf das Display. Dass jemand bei einem Gespräch mit ihm einfach auflegt, ist für ihn völlig ungewohnt. Er kann nicht glauben, dass es ihm gerade passiert ist, das verrät sein Gesicht deutlich.

»Wie geht's meinem Cousin, Señor Perez?«, fragt Michael.

Also ist es wahr. Ich kann nicht fassen, dass mir Michael die Scheiße so lange verschwiegen hat. Und wieso zum Teufel arbeitet er für mich, wenn er in der Organisation seines Verwandten eine verfickt große Nummer sein könnte? Es gelingt dem selbstgefälligen Mistkerl ziemlich gut, das Grinsen zu unterdrücken, das sich nur zu gern über sein Gesicht ausbreiten möchte, aber in seinem Ton schwingt zu viel Befriedigung mit, um es völlig zu überspielen. Julio ist durchaus ein Mensch, der jemanden dafür umbringt, dass er sich als großspuriger Arsch präsentiert, und doch krümmt er Michael kein Haar. Stattdessen atmet er tief durch und legt sein Telefon nachdenklich beiseite.

»Er war entschieden unglücklich über den Zustand des Gesichts seines einzigen Cousins«, sagt er langsam. Julio schaut zu Michael auf. »Ich muss mich für die Misshandlung entschuldigen, die du durch meine Männer erlitten hast. Wenn ich Bescheid gewusst hätte, dann …«

Michael nickt nur. »War sicher bloß ein tragisches Missverständnis.« Er hebt die Hände und deutet mit dem Kinn auf die Fesseln. »Aber geh ich recht in der Annahme, dass es kein Problem mehr damit gibt, mir die Dinger jetzt abzunehmen? Sie sind ein bisschen eng.«

Julio läuft hochrot an. Ob vor Grauen, Verlegenheit oder Wut, das weiß ich nicht, jedenfalls gibt er Teo ein Zeichen. »Nimm ihm die Handschellen ab.«

Teo, der allzeit beflissene Mitarbeiter, tut, was ihm gesagt wird, ohne mit der Wimper zu zucken.

Michael massiert sich die Handgelenke, immer noch mit diesem verdammt selbstgefälligen Ausdruck im Gesicht. »Also, was ich mich frage«, sagt er. »Hast du wohl ein Badezimmer, das ich benutzen könnte? Ich bin drei Tage hier unten gewesen. Eine Dusche wäre echt nicht verkehrt.«

Die meisten Männer würden um ihr Leben fliehen, nachdem sie einer Tortur in Julio Perez' Keller entronnen sind, aber nicht mein Junge. Dem Funkeln in seinen Augen nach scheint er fest entschlossen zu sein zu bleiben. Julios Doppelkinn wabert. Er ist trotz allem stinksauer, kann aber kein Wort darüber sagen, dass sich Michael solche Freiheiten herausnimmt. »Sicher, mein Freund. Sicher.« Er steht auf und deutet zur Tür. Dabei zuckt er immer noch vor gekränkter Ehre – jedenfalls kann ich mir keinen anderen Grund vorstellen.

Michael setzt dazu an, ihm zu folgen, zuerst jedoch wendet er sich mir zu. Er streckt die Hand aus. »Tut mir leid, von deinem Ärger zu hören, Mann. Wenn du Hilfe bei diesem Charlie Holsan brauchst, gib mir einfach Bescheid. Ich bin sicher, ich könnte ein paar Fäden ziehen.«

Am liebsten würde ich dem frechen Penner ein Ding verpassen. Hätte ich gewusst, dass er Rebels Cousin ist, ich hätte ihn vielleicht schon vor einer Weile um den Versuch gebeten, ein paar verschissene Fäden zu ziehen. Vielleicht aber auch nicht. Ein Tanz mit Rebel ist wie ein Tanz mit dem Teufel. Ich würde dem Mann nichts schulden wollen.

Ich schüttle Michael die Hand und drücke dabei härter als nötig zu. Im Gegenzug schenkt mir Michael ein Engelslächeln und schlendert aus Julios Folterkammer, als hätte er gerade ein Verwöhnwochenende im Ritz genossen.

DREI

Sloane

»Was zum Geier sollte das werden?«

Als Zeth später ins Zimmer zurückkommt, scheint er nicht erfreut zu sein. Tatsächlich ist er stinksauer. Er hat seit der Begebenheit in Julios Büro heute Morgen knapp acht Stunden gehabt, um sich zu beruhigen – es muss ihn die ganze Zeit danach gejuckt haben, mich zu suchen und zur Schnecke zu machen.

Nachdem er ins Zimmer gestapft ist, baut er sich vor mir auf, während ich mit dem Smartphone in der Hand auf dem Bett liege.

Er beugt sich herab, stützt sich mit den Händen links und rechts von mir ab und funkelt mich mit einer Intensität an, die mir am gesamten Körper eine Gänsehaut beschert.

»Was machst du da, Sloane?«

»Ich schicke meinem Dad eine SMS, um mich zu vergewissern, dass deine Freundin noch lebt. Ist das in Ordnung für dich?«

Vorübergehend verschwindet die Wut aus seinen Augen. »Und geht es ihr gut?«

»Ja.«

»Gib mir das Telefon.«

»Was?«

»Gib mir das Telefon.« Er setzt dazu an, es mir aus der

Hand zu nehmen, aber ich richte mich auf und drücke es mir schützend an die Brust.

»Ich denke, nicht. Ich hab genug davon, dass du mir mein Telefon klaust.«

»Sloane, ich …« Er bremst sich. Zeth reibt sich mit den Händen erst über das Gesicht, dann über den Kopf. Dabei knurrt er tief in der Kehle. »Sag mir einfach, was sie gerade macht.«

»Sie hilft meinem Vater bei den Vorbereitungen für sein Jungscharlager.«

Schlagartig werden Zeths Züge ausdruckslos. Ebenso gut hätte ich Suaheli sprechen können; er kann das Wort eindeutig nicht verarbeiten. »Entschuldige, kannst du das wiederholen?«

»Jungscharlager. Mit der Kirche.« Das sind die Worte, die hier zählen, sollte man meinen. Dabei habe ich Zeth noch gar nicht gesagt, dass mein Dad vorhat, die Frau sogar zu dem Lager *mitzunehmen*. Keine Ahnung, wie gut das ablaufen wird.

»Und das ist für sie in Ordnung?«, fragt Zeth.

»Laut der SMS, die sie mir geschickt hat, ist es das.«

»O mein Gott, jetzt gib das verfluchte Telefon schon her!« Er stürzt sich erneut darauf, und diesmal überlasse ich es ihm.

Zeth scheint aufrichtig besorgt um das Wohlergehen der Frau zu sein, und dass ich mich ihm gegenüber zickig verhalte, verschlimmert die Sache nur zusätzlich. Ich sollte das nicht tun. Nach der Nummer, die ich heute Morgen abgezogen habe, sollte ich vielmehr tun, was ich kann, um ihn zu beschwichtigen. Stattdessen ist mir danach zumute, ihn zu reizen. Ihn noch mehr zu verärgern. Als wollte ich herausfinden, wie weit ich ihn treiben kann.

Das Problem ist, dass ich immer noch wütend auf ihn bin. Immer noch wütend wegen heute Morgen, als er mir eine Seite von sich offenbart hat, von der ich nie gedacht hätte, dass es sie geben könnte. Eine süße, verletzliche Seite, die mir einen Stich in der Brust verursacht hat.

»Du bringst mich durcheinander.« Das war alles, was er gesagt hat, als er mich seinen Rücken, sein Haar streicheln ließ. Als er mich festgehalten hat und immer noch in mir war, nachdem wir verrückten, wilden Konfrontationssex gehabt hatten. Und dann hat er diese Seite seiner selbst prompt zurück in das feuchte, finstere Verlies gesperrt, in dem er sie hinter Schloss und Riegel hält, und ist in den Arschlochmodus zurückverfallen. Und ich weiß, dass ich mir diesen anderen Aspekt nicht eingebildet habe. Zeth Mayfair *besitzt* eine verletzliche Seite.

Ich sehe ihm zu, während er durch meine Nachrichten sowohl an Lacey als auch meinen Dad scrollt, und beobachte seine Reaktionen. Ich weiß genau, was er gerade liest:

Lacey:
Du hast früher echt auf Rosa gestanden, was?

Ich:
Ja. Ich hab auch NSYNC und Latzhosen gemocht.

Lacey:
Richtig. Deine Ma hat mir Bilder gezeigt.

Ich:
Sie verweigert mir, das hinter mir zu lassen! Ich werd die Bilder verbrennen.

Lacey:
Nicht. Sie wäre am Boden zerstört. Sie ist wirklich bezaubernd. Dein Pa auch. Heute hat er mich den ganzen Tag Zelte mit ihm aufstellen lassen.

Ich:
Gib bloß acht, dass er dich nicht für Sklavenarbeit einspannt, Lace.
Wenn du wegwillst, gib einfach Bescheid, dann schicke ich jemanden zur Rettung, okay?

Lacey:
Ist schon gut. Mir gefällt's. Das macht Spaß. Grüßt du Zee von mir?

Und dann sind da natürlich noch die Nachrichten von meinem Vater.

Dr. med. Sloane:
Deine Mutter hat sie heute Morgen weinend im Badezimmer angetroffen. Du hast mir nichts gesagt, also will ich nicht neugierig sein, aber kann es sein, dass die junge Frau ein wenig gebrochen ist?

Ich:
Ein bisschen, ja. Aber bitte versucht nicht, sie zu therapieren. Darum kümmert sich schon jemand.

Dr. med. Sloane:
Tja, derjenige scheint keine besonders gute Arbeit zu leisten.

Ich:
Sorg einfach dafür, dass sie beschäftigt bleibt, okay?

Dr. med. Sloane:
Schon dabei, Kleines.

Ich danke dem Himmel, dass Lacey nicht *meinen Bruder* statt *Zee* in ihrer SMS geschrieben hat. Das wäre eine ziemlich heftige Art für ihn gewesen, die Wahrheit zu erfahren – dass die junge Frau, auf die er seit über sechs Monaten aufpasst, in Wirklichkeit seine Blutsverwandte ist. Seine Schwester.

Zeth sieht anbetungswürdig aus, als er mit gerunzelter Stirn über meinem Handy brütet und die Nachrichten liest. Anbetungswürdig auf eine beängstigende Weise.

»Versucht er etwa, sie zu bekehren?«, will er wissen.

Ich zucke mit den Schultern. »Unter Umständen fragt er sie, woran sie glaubt. Aber er wird sie nicht bedrängen. So ist er nicht.«

Zeth nickt dazu nur. Ich vermag nicht zu sagen, was er gerade denkt. Er hat sich an einen Ort tief in seinem Innersten zurückgezogen, einen Ort, an dem ich ihn schwer bis gar nicht erreichen kann. Und dann scheint er urplötzlich zu erkennen, was gerade passiert ist, und taucht wieder auf, wirft mir mein Handy zu. »Du hast meine andere Frage nicht beantwortet. Was zum Teufel hast du dir bei der Scheiße heute Morgen gedacht?«

Allmählich beschleicht mich der Verdacht, dass der Mann bipolar ist. Er schwenkt so jäh von einer Stimmung zur nächsten. Zuerst ist es mir nicht aufgefallen. Er schien mir einfach nur ständig arrogant und angepisst zu sein. Aber mit der Zeit ist mir etwas klar geworden: Diese negativen

Emotionen sind seine Anker. Sie verhindern, dass er an einen Ort abdriftet, an den er nicht will. Vielleicht an den Ort, an den er gerade eben abgedriftet war. Und ich frage mich … weiß er eigentlich, dass er diesen Bewältigungsmechanismus entwickelt hat? Ich bezweifle es aufrichtig.

»Julio hat gewusst, dass ich kein Callgirl bin, Zeth. Es hätte keinen Sinn gehabt, ihn deswegen zu belügen.«

»Also hast du ihn stattdessen meinetwegen belogen. Er *kennt* mich. Er weiß, ich würde mich nie …« Zeth fängt an, auf und ab zu laufen, als ob er ein Loch in die polierten Dielen wetzen wollte. Sein Gesichtsausdruck wirkt aufgewühlt und angespannt.

»Du würdest nie was?«

»Ich würde mich nie einer Frau unterwerfen. Nicht so.«

»Das ist Blödsinn. Du hast mich aufgefordert, dich in Besitz zu nehmen, als wir das erste Mal …«

Zeth sieht mich mit amüsiert hochgezogener Augenbraue an. »Gefickt haben? Siehst du, Sloane, du kannst es nicht mal aussprechen. *Deshalb* hab ich dich aufgefordert, mich in Besitz zu nehmen. Weil es einfach zu köstlich war, es dich *versuchen* zu lassen. Du fühlst dich so unwohl in der eigenen Haut. Davon wollte ich dich befreien. Wenn ich ein bisschen mit dir spielen musste, damit es dir gelingen konnte …« Jetzt zuckt er mit den Schultern. Ich starre ihn finster an, und meine Wut schwillt.

»Ich fühle mich *nicht* unwohl in der eigenen Haut. Von uns zwei bist du derjenige, der sich nicht zu Hause im eigenen Körper fühlt.«

Ein breites Lächeln erscheint auf seinem attraktiven, unglaublich irritierenden Gesicht. »Hast du mich schon mal genau betrachtet, Schätzchen? Ich seh aus wie ein verficktes Model für Abercrombie & Fitch.«

Oh, dieser selbstgefällige, hochmütige Mistkerl. »Nein, tust du nicht! Du siehst wie ein verfluchter Verbrecher aus. Und du *bist* ein verfluchter Verbrecher.«

»Ein Verbrecher, der für Abercrombie & Fitch modelt?«

»Herrgott noch mal!« Ich spiele mit dem Gedanken, ihn mit meinem Handy zu bewerfen, dann jedoch überlege ich es mir anders. Stattdessen bewerfe ich ihn mit einem Kissen, obwohl das nicht annähernd so befriedigend ist, wie es das gegen seinen Schädel knallende Telefon gewesen wäre. Er ist ohnehin zu beschäftigt damit, über mich zu lachen, um darauf zu achten.

Und plötzlich wird mir bewusst, was er gerade tut. Er *lacht*. Zeth lacht wie ein normaler Mensch. Mein Zorn verpufft. Schweigend sitze ich da, verblüfft darüber, wie überraschend ich den Moment finde.

Als Zeth das Kissen vom Boden zu seinen Füßen aufhebt, kichert er immer noch ein wenig. Er wirft es zurück aufs Bett und scheint die Reaktion nicht zu bemerken, die er bei mir ausgelöst hat. Ihm entgeht völlig, dass er mich auf dem falschen Fuß erwischt hat. »Tja, unabhängig vom Warum hast du uns in eine mächtig beschissene Lage manövriert, Sloane Romera. Du hättest mich einfach auffliegen lassen und es hinter uns bringen sollen.«

»Was?«

Er geht zum Wandschrank, in dem er heute Morgen seine schwarze Tasche verstaut hat, und Überraschung, Überraschung, er holt das verfluchte Ding heraus. Bei dem Anblick bricht Schweiß auf meinen Handflächen aus.

»Wir müssen uns überlegen, wie wir Julio davon überzeugen können, dass du so draufgängerisch bist, wie du behauptet hast, sonst stecken wir beide tief in der Tinte, nicht wahr? Mir gegenüber ist er schon verflucht argwöhnisch. Vor allem jetzt, da er weiß, dass Michael nicht hier ist, um mir für Charlie nachzuspionieren.«

»Warte, was? Michael ist hier? Dein Michael?«

Zeth schnaubt, trägt die schwarze Tasche zum Bett und öffnet neben mir den Reißverschluss. »Er ist in das Zimmer zwei Türen weiter eingezogen. Und stolziert herum, als würde ihm hier alles gehören.«

»Das verstehe ich nicht.«

»Musst du nicht.« Zeths Belustigung scheint wieder verflogen zu sein. Er dreht sich mir zu, ist anscheinend fertig damit, in seiner Tasche voll Überraschungen herumzukramen. »Du musst nur etwas aus dieser Tasche nehmen und es an mir benutzen. Und mich dazu bringen, dir Überzeugung abzukaufen.«

»Äh …«

»Tu es. Jetzt gleich.«

»Ich … ich kann nicht. So einfach ist das nicht, Zeth. Ich kann nicht einfach entscheiden, dass …«

Er stürzt auf mich zu und klatscht mir eine Hand auf den Mund. »Hör auf zu reden.« Er klettert aufs Bett, ragt über mir auf, das Gesicht nur wenige Zentimeter von meinem entfernt. »Hör auf zu reden. Fang an zu handeln.«

Trotz seiner Worte sehe ich ihm an den Augen an, dass er nicht glaubt, ich könnte es. Es verhält sich genauso wie damit, dass er mir gesagt hat, ich solle Besitz von ihm ergreifen – Zeth hält mich für zu befangen, um es zu tun. Was durchaus stimmt, zugleich jedoch unheimlich ärgerlich ist. Er will, dass ich anfange zu handeln? Fein. Ich werde ihm geben, was er will. Und ich weiß bereits, dass ihm nicht gefallen wird, was ich als Nächstes tun werde. Seine Hand ist immer noch auf meinem Mund, also lege ich den Kopf schief und klemme die Zähne über seinen Zeigefinger, beiße zu.

»Sloane.«

Ich beiße härter zu und sehe ihm dabei direkt in die Augen. Sein Mund zuckt, aber er sagt kein weiteres Wort. Für den nächsten Teil muss ich ihn loslassen. An seinem Finger prangen kleine, rote Halbmonde, als er die Hand zurückzieht; das bringt mich innerlich zum Lächeln. Es erfüllt mich mit übertriebener Freude, dass ausnahmsweise ich *ihn* gezeichnet habe.

»Weg von mir«, befehle ich.

Er verengt die Augen zu Schlitzen. »Warum?«

»Stell keine Fragen. Tu, was ich dir sage.«

Er lächelt mich an, animalisch, gefährlich. Ich wische ihm das Lächeln aus dem Gesicht, indem ich ihn mit der offenen Handfläche schlage. Ziemlich hart. Kurzzeitig wirkt er verblüfft.

»Muss ich dich noch einmal auffordern?«, frage ich ihn. Meine Wangen brennen so heiß, dass ich lächerlich aussehen muss, schillernd gerötet und nervös, vor allem da sich meine Brust heftig hebt und senkt.

Allerdings beachtet Zeth weder meine Brust noch meine Wangen. Stattdessen starrt er mir wie gebannt direkt in die Augen. Ich kann seinen inneren Konflikt darüber sehen, was ich gerade getan habe. Zeth hasst es, wenn ich ihn schlage. Er hasst es, wenn ich mich in irgendeiner Weise zur Wehr setze – das weiß ich aus vergangenen Erfahrungen. Und doch ist das jetzt sein Werk. Er kann nicht darauf reagieren. Immerhin hat er mich dazu aufgefordert.

Langsam richtet er sich auf, starrt mich dabei nach wie vor an. Sobald er sich wegbewegt hat, setze ich mich auf, gleite vom Bett und versuche, mich nicht von der Nervenanspannung überwältigen zu lassen. Ich kann das. Ich kann es schaffen, wenn ich mir nicht gestatte, in Panik zu verfallen, nicht mal für den Bruchteil einer Sekunde. Andernfalls würde es mir nie gelingen, meine Entschlossenheit zurückzuerlangen. Ein Teil von mir fragt sich lediglich, wie teuer ich später dafür bezahlen werde.

Die Tasche ist bereits offen. Ich ziehe die Seiten auseinander, damit ich besser hineinspähen kann, und schmeiße beinah die Nerven weg. Nie zuvor in meinem gesamten Leben ist mir etwas Vergleichbares untergekommen. Da drin sieht es halb wie in einem Sexshop, halb wie in einem Baumarkt aus. So wie ich Zeth kenne, habe ich keine Ahnung, aus welchem dieser Läden die Schnüre oder die in Scheiden steckenden Messer stammen, und offen gestanden habe ich Angst davor, es herauszufinden.

Natürlich befindet sich noch jede Menge anderes Zeug darin: Ballknebel, Handschellen, Seil, ein eleganter Vibrator in Form einer Silberkugel, der brandneu wirkt. Daneben enthält die Tasche einen Schlagring, eine Schusswaffe und etwas, das ich für einen Taser halte. Die Klebebandrolle rundet die Sache für mich endgültig ab.

Ich zögere. Mit wem zum Teufel habe ich es hier zu tun? Es ist eine krasse Erinnerung daran, dass Zeth wesentlich düsterer als jeder Mensch ist, den ich je kennengelernt habe. Und wesentlich gefährlicher. *Er hat nie vorgegeben, etwas anderes zu sein,* meldet sich eine leise Stimme in meinem Kopf zu Wort.

Als ich aufschaue, stelle ich fest, dass er mich eingehend beobachtet, die Hände an den Seiten zu Fäusten geballt. Es ist beinah so, als … als hätte er das absichtlich getan. Er hat mich dazu gebracht, in die Tasche zu blicken. Um zu sehen, wer er ist. Zeth muss denken, ich würde die Flucht ergreifen. Er muss buchstäblich darauf warten. Aber so bin ich nicht. Jedenfalls nicht im Augenblick. Vielleicht verwandle ich mich wieder in die reservierte, scheue Sloane, sobald ich Alexis zurückhabe, aber bis dahin …

Ich ergreife die Pistole.

»Steh auf.«

Zeth hätte nicht überraschter dreinschauen können, wenn ich tatsächlich bereits mit dem Ding auf ihn geschossen hätte. »Sloane …«

»Ich sagte, du sollst aufstehen.« Ich überprüfe das Magazin, entsichere und ziele anschließend mit dem Lauf direkt auf seine Brust. Dabei keuche ich wie verrückt, immer noch mit hochrotem Gesicht, doch ich kann spüren, wie sich etwas in mir verlagert. Ich bin nicht mehr nervös. Nicht mit dieser Waffe in der Hand. Langsam steht Zeth auf, ohne den Blick von mir zu lösen.

»Als ich gesagt habe, du sollst etwas aus der Tasche nehmen …«

»Ja, schon klar. Du hast nicht damit gerechnet, dass ich mich *dafür* entscheiden würde. Zieh jetzt dein Hemd aus.«

Er tut es, streift sich das Kleidungsstück rasch über den Kopf, als wollte er mich keine Sekunde aus den Augen lassen. Ich würde mir gern einen Moment Zeit nehmen, um die Schönheit des halb nackten Mannes vor mir zu genießen, doch er darf nicht merken, was er bei mir bewirkt. Also deute ich stattdessen mit der Pistole auf seine Hose und ziehe die Augenbrauen hoch. Er versteht die Bedeutung – *die auch.* Nachdem er sich die Schuhe von den Füßen gestreift hat, entledigt er sich der Hose, alles ohne den Blick von mir abzuwenden.

»Was jetzt?«, fragt er.

»Halt die Klappe. Komm her.« Er bahnt sich den Weg um das Bett herum und bleibt in Boxershorts vor mir stehen, ragt über mir auf. Er versucht, mich mit seiner Größe einzuschüchtern, nur wird das nicht funktionieren. Diesmal nicht. Die Erkenntnis muss ein Schock für ihn sein. Mich beschleicht das Gefühl, dass er sich sehr lange auf seine Statur verlassen hat, um einer Menge Menschen eine Heidenangst einzuflößen. Diesen Vorteil werde ich ihm nehmen. »Auf die Knie.«

Der Befehl lässt ihn stutzen. Ich glaube nicht, dass er diesen Verlauf der Dinge geplant hat. Kein Stück. Zeth tut es nicht sofort. Ich setze die Mündung der Pistole an seiner Brust an, drücke sie kräftig gegen Haut und Muskelmasse. Er versteht den Wink.

Langsam sinkt er auf die Knie.

»Jetzt nimm die Hände hinter den Rücken.«

Auch das macht er. Ich gehe um ihn herum, richte nach wie vor die Waffe auf ihn, bis ich seine Tasche erreiche. Als Nächstes entnehme ich ihr das Klebeband. Mein Herz hämmert wie wild, als ich einen Streifen davon abrolle, und meine Hände zittern wie verrückt, als ich seine Handgelenke damit fessle. Ich rechne ständig damit, dass er die Hände wegreißt und mich packt, doch das tut er nicht. Er lässt mich gewähren, obwohl sich seine Atmung eine Spur beschleunigt hat, schneller und lauter geworden ist.

Ich bleibe hinter ihm und nehme mir einen Moment, um mich zu sammeln. Ich weiß schon, was ich mit ihm machen werde. Ich weiß es haargenau, und die Aussicht darauf ist zugleich erregend und Furcht einflößend. Ich strecke die Hand aus und vergrabe die Finger im Haar an seinem Nacken, packe es und drücke seinen Kopf nach vorn.

Zeth grunzt, davon abgesehen jedoch zeigt er keine Reaktion. Jedenfalls nicht, bis ich die Mündung der Knarre an seinem Hinterkopf ansetze. Da hört er zu atmen auf. Ich weiß, dass er die Augen geöffnet hat, weil sich seine langen, dunklen Wimpern im schrägen Winkel abzeichnen, in dem ich seinen Kopf halte, aber er blinzelt nicht. Er rührt sich nicht. Starrt nur mit angehaltenem Atem auf den Boden.

»Sag mir, was du gerade fühlst«, verlange ich.

Zeth stößt die Luft aus der Lunge durch die Nase aus. »Ach wirklich? Wir tauschen unsere Gefühle aus? Jetzt? Komm schon, Sloane.«

Ich spanne den Hahn der Waffe.

»Fuck! Schon gut. Schon gut. Tja, ich schätze, man könnte sagen, dass ich mich gerade frage, ob du mir den Schädel wegpusten wirst. Zufrieden?«

»Großartig. Das also denkst du gerade. Und was *fühlst* du dabei?«

»Was zum verfi...«

»Du kniest auf dem Boden, dir wird eine Knarre an den Hinterkopf gedrückt und du fragst dich, ob du gleich sterben wirst. Erzähl mir verdammt noch mal nicht, dass du nichts empfindest, Zeth.«

»Na gut, ich scheiß mir in die verfickte Hose. Ich schmeiße gerade restlos die Nerven weg. Ist es das, was du hören willst?«

»Ja.«

Er stimmt ein vernichtendes Lachen an. »Wunderbar. Freut mich, dass ich nicht der einzige Sadist in dieser Beziehung bin.«

»Ich bin nicht sadistisch. Und du bist es auch nicht.«

»Was zur verfickten Scheiße soll das dann werden, Sloane?« Er klingt entnervt. Völlig am Ende seiner Weisheit.

Ich lege die Pistole zurück in die Tasche, achte darauf, sie wieder zu sichern, und knie mich dann neben ihn. Behutsam streichle ich mit den Fingerspitzen die definierte Rille zwischen seinen Schulterblättern hinab. Es bereitet mir erhebliches Vergnügen, wie er unter meiner Berührung schaudert. Dann schlinge ich die Arme durch seine, damit ich mit den Händen über seine Brust und seine Bauchmuskeln fahren kann. Ich bin ihm so nah … meine Brust drückt gegen seinen Rücken. Seine Haut riecht nach draußen und leicht nach maskulinem Schweiß. Er ist unglaublich. Ich kann mich nicht zurückhalten – vorsichtig presse ich die Lippen auf seinen Rücken und schließe die Augen.

»Gott, Sloane«, flüstert er. Sonst nichts. Er verlangt nichts von mir. Er zittert nur, als meine Finger über seinen flachen, straffen Bauch nach unten zum Ansatz seiner Oberschenkel streichen. Ich küsse seine Schultern, fahre mit der Zunge über seine heiße Haut, lecke und beiße ihn, diesmal zärtlich. Nicht hart wie zuvor. Meine Knie tun höllisch weh, aber das ist es mir allemal wert, um zu spüren, wie sein Körper an mir erwacht, wie er zuckt und auf jede einzelne bedachte Berührung reagiert.

Die Wut, die ich gerade genutzt habe, die in mir gelebt hat, verwandelt sich letztlich in etwas Berauschenderes, sexuell und schlicht. Die Macht, die ich im Augenblick über ihn besitze … fühlt sich unglaublich an. Ich könnte alles mit ihm machen, was ich will – und realistisch gesehen könnte er mich wahrscheinlich davon abhalten.

Aber er kniet immer noch, wie ich es ihm aufgetragen habe. Weil er es will, nicht weil ich ihn zwinge. Obwohl …

Ich lasse die Hände tiefer wandern, tiefer und tiefer, bis ich finde, wonach ich suche. Sein Schwanz ist steinhart, presst gegen die Boxershorts und bettelt darum, befreit zu werden. Zeth saugt scharf die Luft ein, als ich ihn in die Hand nehme und drücke, genau wie damals in seiner Wohnung, als ich zum zweiten Mal mit ihm geschlafen habe. Nein, nicht mit ihm geschlafen. Er hatte vorhin recht. Wir haben *gefickt.*

»Willst du mich?«, flüstere ich ihm ins Ohr und streife mit den Zähnen sein Ohrläppchen.

»Ja.«

»Wirst du dich benehmen, wenn ich dich im Bett mit mir spielen lasse?«

Zeth gibt einen tiefen, kehligen Laut tief aus der Brust von sich. Mittlerweile geht seine Atmung richtig schnell. So ist er mit mir zusammen noch nie gewesen. Ich habe noch nie das Gefühl gehabt, dass er sich völlig in dem verliert, was vor sich geht. Kontrolle ist für Zeth eine wichtige Sache. Er hat immer das Heft in der Hand, steuert immer, was zwischen uns abläuft. Aber zum ersten Mal wird mir klar, dass er im Moment überhaupt nichts steuert. Ich glaube, es ist ihm noch nicht einmal bewusst geworden.

Ich stehe auf und lasse auch ihn aufstehen. Seine halb geschlossenen Lider bedecken die Augen. Ich greife mir das Messer aus der schwarzen Tasche und schneide das Klebeband durch, befreie seine Hände – ich will, dass er sich an dem beteiligen kann, was mir als Nächstes vorschwebt.

Zeth hakt die Daumen unter die Boxershorts und zieht sie aus, ohne dass ich ihn dazu auffordere. Und dann, keine zwei Sekunden nachdem ich dachte, er würde sich mir tatsächlich hingeben, begreife ich, wie sehr ich mich geirrt habe. Ich habe mich wohl in falscher Sicherheit gewiegt, denn es überrascht mich aufrichtig, als er wie eine Rakete nach vorn schnellt und mich um die Taille packt.

»Zeth!«

Schneller als ein Herzschlag verdrängt ein hungriger, zorniger Blick seinen trägen, von Lust benebelten Gesichtsausdruck. Er ist voll da und knistert förmlich vor Wut. »Du bist verfickt noch mal verrückt, weißt du das?« Er hat mich von den Füßen gehoben, trägt mich praktisch über der Schulter. Nach drei langen Schritten wirft er mich wuchtig aufs Bett.

Ich lande mit einem äußert undamenhaften *Ufff!* auf der Matratze, wo mir die Luft aus der Lunge gepresst wird. Mit den Beinen strampelnd versuche ich, mich vom Bett abzustoßen und von ihm wegzukommen, doch es ist vergebens. Vor Panik sind meine Arme und Beine unkoordiniert, und Zeth gleicht einem gefährlichen Raubtier. Bevor ich vom Bett flüchten kann, fixiert er meine Arme über dem Kopf. »Hör auf, dich zu wehren.«

Ich kann nicht. Ich will es zwar, aber meine Instinkte warnen mich weiter davor, einem Mann zu vertrauen, der eine Desert Eagle in seiner Sextasche mit sich herumträgt, und ich kann nicht dagegen an.

Ungeduldig schnaubt er, bevor er das Gewicht seines Körpers auf mich senkt, mir dadurch praktisch die Bewegungsfähigkeit auf dem Bett nimmt. »Sloane, hör auf, gegen mich zu kämpfen.«

»Geh runter von mir, dann höre ich auf!« Ich bereue es, die Waffe auf ihn gerichtet zu haben. Ich bereue es zutiefst, denn ich habe keine Ahnung, was für eine Vergeltung er plant, aber ich bin mir sicher, sie wird mir nicht gefallen. »Du hast gesagt, ich soll es tun, Zeth! Du kannst mir nicht dafür wehtun, dass ich gemacht habe, was du wolltest!«

Er richtet sich ein wenig auf, um einen besseren Blick auf mich werfen zu können. Die Wut in seinem Gesicht hat sich in etwas anderes gewandelt. »Dir wehtun?«

»Wegen der Pistole!« Ich muss ihn von mir runterbekommen. Ich *muss*. Ich bäume mich gegen ihn auf, aber der Mistkerl rührt sich keinen Zentimeter. Er lastet wie ein totes Gewicht auf mir.

»Was meinst du damit, *dir wehtun?*« Seine Stimme klingt kalt. Distanziert.

»Ich habe nicht … Ich …« Letztlich erkenne ich die Ungläubigkeit in seinen Zügen. Er sieht gar nicht aus, als wollte er mich umbringen. Vielmehr wirkt er entsetzt.

»Ich würde dir nie wehtun, Sloane. Glaubst du aufrichtig, ich wäre dazu fähig?«

Sofort antwortet eine leise Stimme mit einem *Ja* darauf, doch sie gehört nicht mir. Nicht wirklich. Sie gehört der verräterischen Imitatorin von Pippa, die sich in meinem Kopf eingenistet hat. Meine Panik legt sich, lässt mich erschöpft unter Zeth zurück. Ich höre auf, mich zu wehren. »Nein. Ich …«

Aber Zeth sieht das Aufflackern von Zweifeln in meinen Augen, bevor ich es unterdrücken kann. Seine Kieferpartie spannt sich an. »Habe ich je die Hand gegen dich erhoben? Habe ich je …?« Er spricht nicht weiter und atmet scharf aus. Kurz schaut er weg, und als er mich wieder ansieht, ist sein Blick stet und durchbohrt mich förmlich. »Ich verletze keine Menschen, die sich nicht wehren können. Ich verletze keine Frauen, und ich würde niemals *dich* verletzen.«

»Es tut mir leid. Ich hätte das nicht sagen sollen.« Aber noch während ich die Worte ausspreche, meldet sich erneut die Pippa-Stimme, und sie scheint eine Mission zu verfolgen. *Der Kerl fixiert dich gerade auf dem gottverdammten Bett, Sloane! In diesem Augenblick! Was zum Teufel ist bloß los mit dir?*

Fast scheint es so, als könnte Zeth die Stimme auch hören. Vorsichtig richtet er sich weiter auf und entfernt den Großteil des Drucks, den sein Körper auf mich ausübt. Seine Finger bleiben um meine Handgelenke geschlossen, doch die Spannung lässt ein wenig nach. In meine eigenen Finger kriecht ein schmerzhaftes Stechen, als das Blut in sie zurückströmt.

»Ich mag dich gelegentlich davon abhalten durchzudrehen, Sloane, aber ich würde dir nie auf diese Weise ein Leid antun. Ich dachte, das wüsstest du.«

Mittlerweile habe ich die Fassung zurückerlangt. Er ist nicht übermäßig wütend wegen der Pistole – das erkenne ich inzwischen. Aber er ist auch alles andere als glücklich mit mir. »Ich dachte nur …«

»Dass ich dir den Kopf abreißen würde, weil du damit gedroht hast, mich umzubringen? Also …« Er bewegt sich leicht, wodurch sein Körper wieder auf mich drückt.

Die subtile Gewichtsverlagerung scheint meinen eigenen Körper zu wecken. Mir wird bewusst, dass meine Beine gespreizt sind, die Knie angezogen, die Füße flach auf der Matratze. Zeths riesiger, starker Leib befindet sich zwischen meinen Schenkeln. Und er ist nackt. Er kennt keine Scham mit seinem Körper – dazu hat er auch absolut keinen Grund. Allerdings reicht sein Selbstvertrauen tiefer, basiert nicht bloß auf dem Bewusstsein um seinen Körperbau. Es liegt an etwas anderem. An etwas, das ich noch nicht ganz zu benennen vermag. Was immer es sein mag, er ruht immer noch auf mir, und nur der Stoff meiner Jeans und meines T-Shirts bildet eine Barriere zwischen unserer Haut.

Zeth lässt ein Grollen tief aus der Brust vernehmen, als hätte er nur darauf gewartet, dass ich unsere verhedderte Position bemerke.

»Also dass du damit drohst, mich umzubringen, damit habe ich nicht unbedingt gerechnet«, gesteht er. »Aber du hast mit dem Schießprügel in der Hand unheimlich sexy ausgesehen. Weißt du auch, wie man damit umgeht?«

»Ja.«

»Dann ist es gleich noch sexyer.« Er senkt den Kopf und streicht mit den Zähnen über die Haut an meinem Hals, überrascht mich damit. Durch die Wärme seines Atems bekomme ich eine Gänsehaut, die sich über meine Arme und Beine sowie den empfindsamen Bereich unter meinem Ohr ausbreitet. Automatisch richten sich meine Nippel auf. Mittlerweile ist mein Körper dem Kopf weit voraus. Ich versuche immer noch zu verarbeiten, dass ich gerade Zeth Mayfair mit einer Schusswaffe bedroht habe und es sich *gut* angefühlt hat, aber mein Körper sehnt sich nach seiner Berührung, will ihn überall gleichzeitig spüren. Noch vor wenigen Augenblicken hat sich Zeths Gewicht auf mir wie ein Gefängnis angefühlt, und jetzt … jetzt möchte ich, dass er mich mit seiner Essenz durchdringt, bis ich nur noch ihn atmen, sehen, fühlen und riechen kann. Ich glaube, irgendetwas stimmt nicht mit mir.

»Hast du weitere Ideen, wie du mich zu deiner Bitch machen willst?«, brummt er. Ich spüre, wie sich die Worte formen und durch seine mächtige Brust vibrieren. Sie jagen Erregung durch mich, kriechen mir tief ins Mark.

»Nein.« Es gelingt mir nicht, Kraft in meine Stimme zu legen. Ich klinge atemlos. So schwach.

»Gut. Denn du wirst mich heute Nacht nicht mit irgendwelchen Waffen bedrohen können. Und abgesehen davon …« Er packt den Saum meines T-Shirts und zieht es grob mit der freien Hand hoch, »gefällt es dir so ohnehin besser, nicht wahr? Es gefällt dir, mir zu gehorchen. Es gefällt dir, dich wehrlos zu fühlen. Du magst dieses Kribbeln von Angst, das dein Innerstes unter Strom setzt. Dadurch fühlst du dich lebendig.«

Er hat recht. Er hat immer recht, verdammt. Einerseits hasse ich das, andererseits erspart es uns eine Menge Scherereien. Ich hatte das Gefühl, die Kontrolle über mein Leben zu haben. Meine Arbeit bereitete mir Freude, ich bezahlte meine Rechnungen, ich hielt mein Zuhause sauber und in Ordnung. Aber ich musste schon eine ganze Weile keine wichtige Entscheidung mehr treffen. Ich musste nicht beschließen, etwas Schwieriges zu tun, das die Dinge einschneidend für mich verändern würde. Und zu beschließen, die Sache mit Zeth fortzusetzen, was immer sie sein mag, zu beschließen, ihm nach Los Angeles zu folgen, um meine Schwester zu finden, zu beschließen, mich von ihm berühren, ihn meine Haut lecken, an ihr knabbern zu lassen, ihm zu *gehorchen* – erst das hat dafür gesorgt, dass ich mich richtig lebendig fühle.

Zeth zieht das Körbchen meines schwarzen BHs nach unten, legt meinen Busen frei. Seine Augen weiden sich an der blassen Haut, die ich zur Schau stelle, und sein Blick heftet sich gierig auf den hellrosa Warzenvorhof meines Nippels. Er gibt diesen herrlichen, an ein ausgehungertes Tier erinnernden Laut tief in der Kehle von sich, bei dem sich mir die Zehen kräuseln, dann beugt er sich vor und saugt sich den Nippel in den Mund. Zuerst lässt er die Zunge kreisen, umspielt damit die aufgerichtete Knospe, dann jedoch benutzt er die Zähne und knabbert so intensiv daran, dass sich mein Rücken vor einer Mischung aus Lust und Schmerz durchwölbt.

»Willst du mich in dir haben, zorniges Mädchen?« Er zieht die andere Seite des BHs runter, entblößt die andere Brust, bevor er mit der Zunge die Erhebung nachfährt und auch jenen Nippel in den Mund nimmt. Ein stockendes Seufzen entringt sich mir, als ich ihm das kurze, wirre Haar zerzause.

»Ja. Ich will dich in … in mir haben.«

Er kichert, genießt meine berauschte Antwort anscheinend. Dann neigt er sich nach vorn und reibt sich an mir. Seine Erektion fühlt sich wie gehärteter Stahl an, als sie gegen die Innenseite meines Schenkels presst. Jäh sauge ich die Luft ein und schließe die Augen. Ich will ihn. Ich will seine Haut an meiner fühlen. Ich will so dringend spüren, wie sein Schwanz an meinem Kitzler reibt, dass ich mich von der Matratze abstoße und ihm die Hüften entgegenwiege.

»Hungrig, Sloane? Willst du mich so verzweifelt?« Langsam wie Honig breitet sich ein Lächeln über seine Züge aus. Der Ausdruck in seinen Augen jagt einen Schwall von Adrenalin und Endorphinen durch meinen Körper und elektrisiert meine Nervenenden.

Ich muss nackt sein. Ich muss *auf der Stelle* nackt sein. Als ich versuche, genau das mitzuteilen, dringt aus meinem Mund nur ein frustriertes Stöhnen. Zeths Augen weiten sich und heften sich auf mich. Er klemmt sich die Unterlippe zwischen die Zähne. Seine Atmung wird schneller, als genösse er die Reaktion, die er mir entlockt hat. Ist es wirklich so? Kann ich ihn zu derselben verrückten Reaktion anspornen, die er in mir auslöst, wann immer er an meinem Hals knabbert oder meine Haut küsst?

Er presst sich gegen mich, und ich japse, vielleicht ein bisschen lauter als nötig, doch der Ursprung ist durch und durch echt. Es fühlt sich irre an, wenn er das tut. Meine Muschi pulsiert, verlangt verzweifelt danach, berührt zu werden, und ich bin immer noch vollständig angezogen. Es ist der blanke Hohn.

Zeths lächelnde Lippen zucken. Mir ist bewusst, dass er weiß, dass ich jenes letzte Stöhnen überzogen habe, doch er verliert kein Wort darüber. Stattdessen wiegt er sich auf die Fersen zurück. Seine Erektion wippt stolz und hart nach oben, streift seinen Bauch. Er packt mich am Ende meiner Jeans und zieht daran, ohne den Knopf und Reißverschluss zu öffnen. Leicht lässt sich die Hose nicht abstreifen, doch das scheint ihm egal zu sein. Er ist fest entschlossen, sie mir vom Leib zu reißen.

»Ich werd etwas anderes mit dir versuchen, Sloane. Und es wird dir gefallen, okay?«

Durch den gefährlichen Ton in seiner Stimme bin ich überzeugt davon, dass ich die Information als Warnung auffassen sollte, nicht als beruhigend. »Was hast du vor?«

Mit einem letzten Ruck gelingt es ihm, meinen Körper der Jeans zu entledigen. »Wart's ab.« Als Nächstes wirft er das T-Shirt vom Bett. Dann packt er mich an den Hüften und zieht mich auf der Matratze zu sich und hoch, bis ich sitze, ehe er sich am BH zu schaffen macht.

Zeth fällt über mich her wie ein Besessener. Die Träger meines BHs sind über meine Schultern gestreift, meine Brüste nach wie vor nackt. Meine Nippel sind geradezu schmerzhaft verhärtet, und sie pulsieren noch heftiger, als Zeth seine starken Hände auf sie legt.

»Deine Titten sind der Wahnsinn«, flüstert Zeth. »Aber ich will sie hier oben sehen.« Er hebt mich an und hält mich an sich gedrückt, als wöge ich gar nichts. Auf den Knien packt er meine Oberschenkel und zieht sich einen über die Hüfte, zeigt mir an, was er von mir will. Ich komme seinen Wünschen nur zu gern nach. Seine Härte ist zwischen unseren Körpern eingekeilt, und mit jeder noch so winzigen Bewegung von ihm jagt er knisternde Schauder der Lust durch mich. Er küsst und leckt meine Brust. Seine Hände umklammern mich fest um die Taille, als er sich so in Position bringt, dass ich über ihm sitze.

Ich trage immer noch den Slip, was ihn jedoch nicht zu stören scheint. Vorsichtig ergreift er das Material, zieht ihn zusammen und so nach oben, dass der zusammengebauschte Spitzenstoff intensiven Druck auf meine Klitoris ausübt.

»Ah!«

»Ich hoffe, du hängst nicht allzu sehr an dem Slip«, meint er, als er den Vorgang wiederholt. »Ich glaube nämlich nicht, dass er das noch lange mitmacht.«

Mittlerweile keuche ich. Meine Wangen fühlen sich gerötet an. Ach Scheiße, mein gesamter Körper fühlt sich gerötet an. Es scheint, als würde ein primitiver, animalischer Teil von mir die Kontrolle übernehmen, als ich beginne, mich gegen ihn zu wiegen und so zu verrenken, dass unsere Hüften aneinander ausgerichtet sind, gegeneinander pressen und reiben. Da mich Zeth zudem weiter mit meinem Slip reizt und ihn straff zieht, während ich mich bewege, wird mir allmählich leicht schwindlig. Ich werde atemlos. Berauscht. Den Schrei, der sich mir entringt, als er die Finger unter den dünnen Stoff meines Höschens schiebt und die nasse Hitze meiner Pussy massiert, muss ich nicht übertreiben.

Mittlerweile bin ich zu sehr in Ekstase, um mich dafür zu schämen, wie feucht ich bin. Wie feucht *er* mich hat werden lassen. Ich akzeptiere es einfach und reibe mich härter an seiner Hand.

Zeth stützt sich auf einen Ellenbogen und lehnt sich zurück, betrachtet mich, lässt mich auf sich wirken, mustert mich von oben bis unten, als ich meinem Körper die Zügel übergebe und ihn tun lasse, was immer er will. Ich beuge mich vor und lege die Hände auf Zeths Brust, fahre mit den Fingerspitzen über die dunklen Muster der Tätowierungen auf seinen Brustmuskeln und Schultern. Über das violette Narbengewebe, wo er vor mittlerweile fast zwei Monaten knapp unterhalb des Schlüsselbeins angeschossen wurde. Über die anmutigen, definierten Linien seiner harten Muskeln. Ich studiere jede einzelne seiner Konturen, präge sie mir ins Gedächtnis und genieße es in vollen Zügen. Ich bin trunken von ihm. Davon, wie er sich unter mir anfühlt. Von dem düsteren, durchdringenden Verlangen in seinen Augen. Von seinen Händen, die über meine Hüften, meinen Busen, meine Muschi, meine Schenkel wandern. Und der Rausch ist nicht wie ein Schwips von Bier. Sondern wie ein Vollrausch von Tequila. Überwältigend. Vernichtend. Ich bin blind vor Verlangen nach ihm. Ich will ihn.

»Du bist verdammt noch mal umwerfend«, presst er rau hervor. Ich weiß nicht, ob es bloß an meinen beeinträchtigten Ohren liegt, die leicht taub vom Tosen meines Blutes und von unserem gemeinsamen Keuchen sind, aber auch Zeth klingt wie berauscht.

Dann schiebt er einen Finger in mich, und das ist einfach zu viel. Ich halte es nicht mehr aus. Ich brauche mehr als nur seine Finger. Ich will alles von ihm, will ihn so tief in mir vergraben haben, wie es geht. Er soll in mich hämmern, bis ich nur noch Sternchen sehe.

Ich greife nach unten und sauge die Luft ein. In mir entflammt ein völlig neues Feuer, als ich die Finger um seinen prallen Schwanz lege. Er ist riesig, steinhart und glatt wie Marmor. Das Gefühl, als meine Hand seine Länge hoch- und runtergleitet, versetzt mich in einen Taumel.

»Scheiße, Sloane.« Sein Körper versteift sich, seine Muskeln straffen sich wie eine gespannte Bogensehne. »Fuck!« Auch Zeth kann nicht länger warten. Er packt mich und lässt sich so nach vorn fallen, dass ich erneut auf dem Rücken lande und er wieder auf mir liegt. Dann verliert er keine Zeit mehr. Prompt dringt er in mich ein, obwohl es sich wie eine Ewigkeit anfühlt, bis er in mir ist. Ich fühle mich dadurch so gedehnt, dass es geradezu bewusstseinsverändernd ist, wie eine Droge. Er kann spüren, wie dringend ich ihn brauche – es muss so sein, denn er zieht sich sofort leicht zurück und beginnt, mich mit der Wucht eines Güterzugs zu ficken.

Ich fühle mich, als würde ich gepfählt, so stahlhart ist er. »O Scheiße! Zeth!«

»Alles gut?«, fragt er brummend.

Ich nicke und bohre die Finger in seinen Rücken. Der jähe Schmerz spornt ihn an, und er rammelt weiter, pflügt wieder und wieder in mich. Ich klammere mich an seinen Schultern fest, als hinge mein Leben davon ab, und er … er senkt den Kopf und küsst meine Finger. Mich überkommt das Gefühl, als stünde die Zeit still. Er … er hat meine Finger *geküsst*. Heilige Scheiße.

Die Überraschung wegen seiner unbewussten Handlung lenkt mich jedoch nicht von meinem sich anbahnenden Orgasmus ab. Sie beschleunigt ihn nur noch. Mein Körper gleicht einem bebenden Wrack, als sich Zeth weiter in mich bohrt.

Alle meine Synapsen feuern unabhängig voneinander und erschaffen ein Crescendo von Empfindungen, die über meine Haut rasen.

»Wie heftig soll ich dich zum Kommen bringen, Sloane?« Zeth keucht.

»Heftig. Richtig heftig. Bitte. *Bitte.*« Halb glaube ich, das könnte seine Vergeltung werden – dass er sich jetzt aus mir zurückzieht und mich so zurücklässt. Nur wäre das äußerst unfair.

Aber wie sich herausstellt, hat er etwas anderes im Sinn. Stattdessen wandert seine Hand meinen Körper hoch und hält erst inne, als sie meinen Hals erreicht. Dort legt er die Finger um meine Kehle und drückt zu. Kräftig genug, um mir die Sauerstoffzufuhr abzuschneiden.

»Zeth!«

»Koste es aus, zorniges Mädchen. Es wird dir gefallen, ich verspreche es dir.«

Ich will mich in seine riesige Hand krallen und versuchen, sie von mir zu bekommen, aber der Ausdruck in seinen Augen lässt mich zögern und darüber nachdenken. Unwillkürlich beschleicht mich das Gefühl, dass es sich um eine Art Test handelt. *Ich verletze keine Frauen, und ich würde niemals* dich *verletzen.* Er will sehen, ob ich ihm vertraue. Er will sehen, ob ich es ihn tun lasse, ohne in Panik zu verfallen.

Aus medizinischer Sicht weiß ich, dass mir ungefähr acht Sekunden Bewusstsein bleiben, wenn er mir die

Halsschlagader ganz abdrückt. Hält er sie länger als das abgedrückt, besteht die Möglichkeit eines Hirnschadens und sogar des Todes. Aber …

Zeth drückt sie nicht ganz ab. Diese riesige Pranke um den Hals zu spüren war beängstigend genug, um mich in Panik zu versetzen, aber jetzt spüre ich, was er in Wirklichkeit tut. Und es wird mich nicht umbringen. Es wird mich nicht mal das Bewusstsein verlieren lassen.

Mit schierer Willenskraft gelingt es mir, die Hände nicht über Zeths Rumpf nach oben wandern zu lassen, sondern so weit von meinem Hals entfernt zu platzieren, wie ich nur kann. Es ist ein Vertrauensbeweis – der nicht unbemerkt bleibt. Zeth zieht die Augenbrauen hoch, ob anerkennend oder überrascht, weiß ich nicht genau, und er bemüht sich, seine Bewegungen zu verlangsamen. Er starrt auf mich herab, als er sich mit jedem Stoß tief in mir versenkt, sich hart gegen mich rammt und dafür sorgt, dass ich seine gesamte Länge spüre, während seine Härte in mich und aus mir gleitet.

Ich kann kaum atmen, aber ich habe keine Angst mehr. Sobald ich entschieden habe, dass ich nicht in Panik verfallen werde, wird das Gefühl, gewürgt zu werden … es wird tatsächlich *erregend*. Die beschränkte Sauerstoffversorgung, die er mir gestattet – gerade genug, dass ich klar sehen kann –, bringt meinen Kopf auf schwindelerregende, chaotische Weise zum Pochen. Meine Sinne scheinen hypergeschärft zu sein. Die Wärme seiner Zunge an mir, seine Zähne, die über die empfindliche Haut meiner Nippel schaben – es fühlt sich an, als würde er eine Spur von Funken über meine Nervenenden ziehen. So furchtlos bin ich noch nie zuvor gewesen. Ein gefährlicher Mann hat mein Leben buchstäblich in der Hand, und ich genieße es. Wenn ich ehrlich zu mir sein will, liebe ich es geradezu.

Zeth steckt so tief in mir, dass es sich anfühlt, als wären wir ein einziges sinnliches Wesen. Wir bewegen uns im Einklang und arbeiten uns auf dieselbe Ziellinie zu. Eine Ziellinie, die sich bereits am Horizont abzeichnet. Ich kann fühlen, wie sich der Höhepunkt aufbaut, wie er meinen Körper umkreist, wie er anschwillt und pulsiert, bis … bis …

»Scheiße. Scheiße! O mein Go… *Scheiße, ich komme, Zeth!*«

Er hat mir versprochen, dass es sich gut anfühlen würde. Es fühlt sich besser als gut an. Pfeif auf Feuerwerke. Es fühlt sich an, als würde eine verdammte Atombombe in meinem Kopf hochgehen. Ich versuche, mir den Aufschrei zu verkneifen, kann ihn jedoch nicht unter Kontrolle bringen. Da meine Stimmbänder zusammengedrückt werden, spielt es ohnehin keine Rolle – ich bringe kaum einen Ton heraus.

»Heilige Scheiße, Mädel. Ja, so ist's gut. Mach weiter, mach weiter … Komm für mich, Sloane. Komm heftig.«

Durch die Härte in mir und die Anspannung in seiner Stimme weiß ich, dass er sich zurückhält, aber das wird ihm nicht lange gelingen. Dafür werde ich sorgen. Ich fasse nach unten zwischen unsere Körper und finde, wonach ich suche. Ich ergreife seine Hoden und drücke sie zart, bearbeite sie zärtlich mit einer Hand, während ich mit der anderen seinen Hintern packe und ihn noch tiefer in mich zu ziehen versuche. Nach jenem Orgasmus fühle ich mich wie eine leere Hülle, schwach und ausgelaugt, doch es gelingt mir, die Augen ausreichend zu öffnen, um zu beobachten, wie ihn der Höhepunkt ereilt.

Es ist wunderschön, das zu sehen. Mit gebleckten Zähnen rammt er sich in mich und brüllt auf, als er sich entlädt.

Eine Sekunde lang stützt er sich noch hoch, dann sackt er schwer atmend auf mir zusammen. Seine Hände bewegen sich an seine Seiten, entfernen sich von meinem Hals, und ich sauge den ersten ungehinderten Luftzug seit mindestens drei Minuten ein.

Und dann geschieht etwas Erstaunliches.

Wir schlafen ein.

VIER

Sloane

Es ist dunkel, als ich aufwache. Richtig dunkel. Wie mitten in der finstersten Nacht. Ich weiß, es ist schlimm, dass ich so lange geschlafen habe, noch bevor mir wieder einfällt, warum. Oder wo ich bin. Mit wem ich zusammen bin. Was für umwerfenden Sex ich hatte. Ich stütze mich auf einen Ellenbogen, atme tief, sehr tief die Luft ein und versuche, mein rasendes Herz zu beruhigen. Ich bin für irgendetwas zu spät dran. Zu spät für die Arbeit. Richtig verflucht spät.

»O mein Gott, wie spät ist es?« Nachtschichten können einen schwer durcheinanderbringen. Es ist absolut nicht ungewöhnlich, dass ich nach Sonnenuntergang aufwache und nicht weiß, ob ich erst nach Hause gekommen bin oder bald aufbrechen muss. Dann jedoch wird mir klar, dass ich mit jemandem rede. Mit jemandem, der bei mir im Bett ist. Der Teil ist definitiv nicht gewöhnlich.

Zeth Mayfair liegt mit einem Arm über dem Gesicht auf dem Rücken. Der andere Arm ruht auf seinem Körper, die Finger auf dem Bauch gespreizt. Die Bettlaken sind um die untere Hälfte seiner Prachtstatur zu einem engen Gewirr geknüllt. Bei unserem wilden Bettsport von vorhin ist das Spannleintuch irgendwohin verschwunden, und ich habe nackt und ohne Decke auf der blanken Matratze geschlafen.

»Oh.« Etwas anderes fällt mir in dem Moment nicht ein.

Die Digitaluhr auf dem Nachttisch zeigt in großen roten Ziffern 18:42 Uhr an. Wann ist Zeth noch mal gekommen, um nach mir zu suchen? Ich kann mich nicht erinnern, aber wir müssen mehrere Stunden geschlafen haben.

Ich setze mich auf, achte darauf, kein Geräusch zu verursachen, und schleiche auf Zehenspitzen ins angrenzende Badezimmer. Erst als ich aufstehe, bemerke ich eine glitschige Klebrigkeit zwischen meinen Beinen, und ein Anflug von Erschrecken überkommt mich. Kein Kondom. Wir haben kein Kondom benutzt. Schon wieder. Seit unserem Ausrutscher bei mir zu Hause und der anschließenden Demütigung der Pille danach nehme ich die gewöhnliche Pille, es besteht also keine Gefahr, dass ich schwanger werden könnte. Und dennoch … Ich bin Ärztin, Herrgott noch mal, und Zeth Mayfair ist ein außerordentlich umtriebiger Mann. Ich sollte eigentlich klüger sein. Ich habe aus nächster Nähe gesehen, was für hässliche Scheiße dem weiblichen Geschlechtsorgan widerfahren kann, wenn man nicht sorgsam damit umgeht. Ich mag mein Geschlechtsorgan. Und ich will es nicht Chlamydien oder Schlimmerem aussetzen.

Darüber werden sich Zeth und ich unterhalten müssen. Vorerst jedoch nehme ich eine heiße Dusche und ziehe mich an. Mir bleibt gerade mal Zeit, die Haare mit dem Handtuch trocken zu rubbeln und ein wenig Make-up aufzutragen – ich soll mich um 19:30 Uhr mit Julios Mädchen zum Aufbrezeln treffen und kann es mir nicht leisten, zu spät zu kommen. So ablenkend es auch sein mag, mit Zeth hier zu sein, ich habe nicht vergessen, wer noch hier ist: meine Schwester. Alexis ist hier in derselben Anlage, und ich will verflucht sein, wenn ich sie heute Nacht nicht endlich finde. Rausschaffen können wir sie erst morgen Abend – Zeth hat gesagt, wenn alle von der Party abgelenkt sind, wäre die perfekte Gelegenheit, sich unbemerkt davonzustehlen.

Von diesen Plänen mal abgesehen bin ich dermaßen nervös, dass mir schlecht ist. Ich habe Lexi seit über zwei Jahren nicht mehr gesehen. Seither habe ich mich stark verändert, und ich schätze mal, dasselbe gilt für sie.

Zeth schläft nach wie vor, als ich aus dem Badezimmer komme. Er liegt noch genau so da, wie ich ihn verlassen habe. Der Mann schläft wie ein Toter. Ich schleiche zu seiner Seite des Bettes, dann lege ich die Hand flach auf seine Brust und kichere leise, da ich weiß, wie kalt meine Finger sind.

Seine Reaktion erfolgt blitzschnell. Und fällt heftig aus.

»Scheiße!« Im einen Moment liegt er im Bett, im nächsten werde ich an der Kehle an die Wand gedrückt, und Zeths Faust rast auf mich zu. Ich drehe den Kopf gerade noch rechtzeitig weg, um zu verhindern, dass er mir das Gesicht zertrümmert, aber er holt bereits zu einem neuen Versuch aus.

»Zeth! Zeth, *hör auf!*« Die letzten zwei Worte schreie ich. Ich schreie, so laut ich kann, während meine Luftröhre erneut gequetscht wird, diesmal richtig.

»Sloane?« Zeths Hand lockert den Griff sofort und lässt mich los. Ich rutsche die Wand entlang nach unten und ende als knochenloser Haufen zu seinen Füßen. »O Scheiße. Scheiße. Ich …« Er stürmt zur Tür und schaltet das Licht ein. »Es tut mir leid. Geht's dir gut?«

Unsicher beäuge ich ihn, während ich mir mit der Hand den misshandelten Kehlkopf reibe. »Äh, ja. Geht mir hervorragend. Schätze, ich frage mich bloß, warum du mich umzubringen versuchst. Erst recht nachdem du mir eindringlich versichert hast, du würdest nie einer armen, kleinen, wehrlosen Frau wehtun.«

»Bin eingeschlafen. Das wollte ich nicht.«

»Schlafen macht dich mordlüstern?«

Er gibt einen abfälligen Laut tief aus der Kehle von sich. »In einer fremden Umgebung aufzuwachen, in der jemand durch die Dunkelheit schleicht, macht mich mordlüstern.«

Darüber ziehe ich die Augenbrauen hoch. Für Pippa wäre das ein gefundenes Fressen, aber ich bin nicht so dumm, ihn zu fragen, was genau er damit meint. Vermutlich handelt es sich um die eine Sache, von der mir Zeth Mayfair wohl nicht erzählen wird. Das folgere ich aus dem völlig verschlossenen, leeren Ausdruck in seinem Gesicht. Angespannt und splitternackt steht er da und starrt mich an, wartet eindeutig darauf, dass ich nachhake. Nur tue ich das nicht. Schließlich streckt er die Hand aus, bietet an, mir auf die Beine zu helfen.

»Ich such mir heute Nacht einen anderen Platz zum Schlafen. Dann brauchst du nicht zu befürchten, dass ich dich angreifen könnte.«

Ich ergreife seine Hand und bin dankbar, dass mein Herz aus der Kehle, wohin es gesprungen ist, als mich Zeth attackiert hat, an seinen angestammten Platz zurückkehrt. Mir gefällt die Vorstellung nicht, die ganze Nacht allein in dem Zimmer schlafen zu müssen. Aber er hat recht. Die Vorstellung, in den frühen Morgenstunden erdrosselt zu werden, gefällt mir nämlich noch weniger. »Ich könnte dich einfach mit der Pistole bewusstlos schlagen.«

Zeth wirft mir einen belustigten Blick zu und setzt sich aufs Bett. Er reibt sich die Augen – eine so normale Geste für einen so abnormalen Menschen.

»Ha. Ja, die Knarre. Darüber sollten wir wohl reden.

Willst du mir sagen, warum du dir sie ausgesucht hast statt etwas, das ein bisschen mehr … *Spaß* bedeutet hätte?«

Um ehrlich zu sein, hätte ich nicht gedacht, dass er danach fragen würde, aber ich habe kein Problem damit, ihm den Grund zu nennen. Ich setze mich neben ihn aufs Bett und lege mich zurück auf die zerknitterten Laken. Sie duften herrlich nach ihm. »Tja, du hattest vorhin recht. Seit wir die ganze Sache begonnen haben, hast du mich ständig dazu gedrängt, mich zu befreien. Zu erkennen, dass ich mich zurückgehalten habe. Diese Hemmungen hast du mir genommen. Ich hab versucht, dasselbe zu tun. Nur bist du nicht körperlich gehemmt wie ich, Zeth. Du hast eine emotionale Blockade. In meiner Gegenwart tust du alles, was du kannst, um nicht das Geringste zu empfinden. Also habe *ich* dir *das* genommen. Ich habe dich dazu gebracht, etwas zu fühlen.«

Er starrt mich an, die Augen zu Schlitzen verengt. »Wie jetzt? Glaubst du, weil du mir eine Scheißangst eingejagt hast, bin ich jetzt in Ordnung und werd mich in dich *verlieben* oder so?«

Das bringt ihm ein Lachen von mir ein. Er hat echt keine Ahnung. »Nein. O *nein,* Zeth. In der Hinsicht hast du nichts zu befürchten.«

»Und wieso das?«

»Du betrachtest mich als Spiel. Als Experiment. Als etwas, mit dem du herummachst, bis du das gewünschte Ergebnis erzielst. Ich gehe davon aus, dass du danach keine Verwendung mehr für mich hast und dir etwas Interessanteres zum Spielen suchst.«

Er dreht den Kopf und betrachtet mich über die Schulter. Die Muskeln in seinem Rücken spannen sich herrlich an, als er das Gewicht verlagert. »Es gibt eine Menge Frauen, die sind kaputter als du, Sloane Romera. Ich habe kein Interesse daran, mit dir zu experimentieren.«

»Ach echt? Was zum Teufel machst du dann mit mir?«

»Ist das die Unterhaltung unter dem Motto: *Wohin siehst du unsere Beziehung steuern?*«

»Gott, nein! Beziehung? Wir sind in keiner Beziehung. Wir wissen doch gar nichts voneinander, Zeth. Du bist bloß der Kerl, der bei mir auf der Matte steht und mich um den Verstand vögelt, wann immer ihm danach zumute ist. Und ich bin die dumme Trulla, die es dich tun lässt.«

Ich ersticke förmlich an den Worten und hasse sie, weiß jedoch, dass sie wahr sind. Zeths Gesichtsausdruck wirkt versteinert und kalt, erstarrt zu einer leeren, distanzierten Miene. Er bewegt sich geschmeidig, erhebt sich vom Bett und zieht sich an. Als er zu mir aufschaut, überrascht mich der innere Konflikt, den ich in seinen Augen sehe.

»Ich weiß eine ganze Menge über dich, Sloane. Ich weiß alles, was ich wissen muss. Wenn du nichts über mich weißt, hast du das dir selbst und niemandem sonst zuzuschreiben. Mittlerweile sollte dir klar sein, dass du nur zu fragen brauchst, wenn du etwas wissen willst. Und du bist keine dumme Trulla, die mich irgendetwas tun lässt. Du bist eine dumme Trulla, die nicht erkennt, was sie direkt vor sich hat.«

Er schnappt sich seine Schuhe, nimmt sich jedoch nicht mal die Zeit, sich hinzusetzen und sie anzuziehen. Stattdessen stürmt er damit durch die Tür hinaus und schließt sie leise hinter sich. Ich glaube, es wäre besser gewesen, wenn er die Tür zugeknallt hätte. Das hätte bedeutet, dass er sich keine so große Mühe gibt, seine überwältigende Wut zu bändigen.

Ich bin wie gelähmt, sitze auf dem Bett und versuche krampfhaft, aus seinen Äußerungen schlau zu werden.

Daraus schlau zu werden, dass er plötzlich so … so verletzt gewirkt hat. Ja, das war er. Zeth war tatsächlich verletzt. O Mann. Und hat … hat er wirklich gerade so ziemlich zum Ausdruck gebracht, wir hätten eine Beziehung? Dass er in einer Beziehung sein *will?* Das ergibt keinen Sinn. Überhaupt keinen. Der Mann, der sich nicht mal von mir küssen lässt, um Himmels willen. Wie zum Teufel soll ich das verarbeiten?

Ich sacke aufs Bett zurück. Mein Körper fühlt sich ziemlich wund von unserem früheren Treiben an. Allerdings fühlt sich auch mein Herz wund an. Denn er hat recht. Ich *bin* die dumme Trulla, die nicht erkennt, was sie direkt vor sich hat. Im Augenblick fühle ich mich zu dumm, um irgendetwas davon zu kapieren.

Zeth ist ein emotionaler Krüppel, daran besteht kein Zweifel – aber wie sich herausstellt, gilt das auch für mich. Wie kann es sein, dass ein Mann wie er, ein Mann, der im Wesentlichen einer Massenvernichtungswaffe gleicht, mehr in uns sieht als ich?

FÜNF

Sloane

Der Himmel erinnert mich an ein Foto, das ich mal im *National Geographic* gesehen habe. Ohne die Beeinträchtigung durch all die Lichter einer Stadt bilden die Sterne eine unzählbare Menge grandioser, schillernder Punkte, die über den Himmel wandern, ohne sich im Geringsten darum zu scheren, wie unsicher mir plötzlich alles erscheint.

Einen Moment lang stehe ich still. Mein Atem bildet in der nächtlichen Wüstenluft kleine Wölkchen, und für eine Sekunde habe ich das Gefühl, zu spüren, wie sich die Erde unter meinen Füßen dreht. Als wäre ich ein winziges Sandkorn, das gefährlich auf der straff gespannten Oberfläche einer riesigen Trommel tänzelt und jeden Moment in den Raum davongeschleudert werden könnte. Unter der unendlichen Weite des Himmels komme ich mir so klein und ungeschützt vor, dennoch mutet er wunderschön an. Ich habe schon lange keine Zeit mehr in der Wüste verbracht, nicht mehr seit ich als Kind mit meinen Eltern zelten war. Damals war ich zu jung, um es wertschätzen zu können. Ich sah lediglich, wie unangenehm es war, ohne Freunde und Fernseher auskommen zu müssen. Jetzt hingegen würde ich nur zu gern stehen bleiben und die Pracht länger auf mich wirken lassen. Aber das kann ich nicht.

»Mach schon. Bewegung.«

Der Lauf von Teos Schusswaffe wird mir nicht allzu sanft gegen das Rückgrat gedrückt. Ich bin froh, dass er und nicht Andreas mich zum Gebäude der Frauen in der Anlage bringt. Mein erstes Zusammentreffen mit Andreas ist nicht besonders freundschaftlich verlaufen, und er wäre meinetwegen beinah totgeprügelt worden. Deshalb bezweifle ich, dass er allzu gut auf mich zu sprechen wäre. Ich habe keine Ahnung, wie lange er außer Gefecht gesetzt ist, während er sich irgendwo erholt, aber ich hoffe, es wird zumindest bis morgen Abend sein. Wenn alles gut für uns läuft, sind wir längst in einem anderen Staat, bis Andreas Medina wieder laufen kann. Zeth, Alexis und ich – über alle Berge.

Gott, Alexis. Mein Herz gerät in der Brust ins Stocken, wenn ich an das Wiedersehen mit ihr denke. Es wird demnächst passieren, und ich fühle mich völlig unvorbereitet darauf. Sie wird ausflippen, wenn sie mich sieht. Ich hoffe, sie kann sich gut genug zusammenreißen, um ihre Überraschung zu verbergen und mich nicht auffliegen zu lassen. Von dieser ersten Begegnung hängt eine Menge ab. Wer weiß, was passieren würde, wenn die Wachleute oder vielleicht eine der anderen Frauen spitzkriegen, dass irgendetwas im Busch ist, oder bemerken, wie ähnlich ich meiner Schwester sehe.

Teo versetzt mir als »Ansporn« einen weiteren kräftigen Stoß, und ich reagiere. Das Haus der Frauen ist ein großes, zweigeschossiges Gebäude in spanischem Stil mit einer rundum verlaufenden Veranda. Es sieht freundlich aus, wie ein Ort, an dem eine Großfamilie vielleicht den Urlaub verbringen würde. Jedenfalls weist nichts daran himmelschreiend auf einen Sündenpfuhl hin. Von den Wüstenblumen über die Sukkulenten, die in blauen, überall verteilten Töpfen wachsen, bis hin zu der wunderbar sauberen und ordentlichen Veranda im Eingangsbereich lässt sich nicht übersehen, dass der Ort von Frauenhand in Schuss gehalten wird.

Im Erdgeschoss brennt Licht, das sanft in die Dunkelheit hinausscheint. Von drinnen hört man das Geplapper und Gelächter weiblicher Stimmen. Ich zögere. Was zum Teufel mache ich eigentlich hier?

Meine Beine halten inne, die Gelenke erstarren. Ich … ich *kann* da nicht reingehen. Was, wenn sie krank ist oder so? Was, wenn man sie verprügelt hat? Was, wenn die Frauen alle unter Drogen gesetzt sind, damit sie gefügig bleiben, und meine Schwester inzwischen ein spindeldürrer Junkie mit Einstichnarben an den Armen ist? Ich habe das alles schon im Krankenhaus gesehen, deshalb fällt es mir entschieden zu leicht, es mir auszumalen. Gott, ich kann da nicht rein. Ich …

»Drüben in der Villa wartet Essen auf mich, Miststück. Bist du dann bald fertig damit, die Eingangstür anzuglotzen, oder was?« Teo spuckt auf den Boden aus und deutet mit dem Kopf auf das Gebäude.

Unentschlossenheit zerreißt mich innerlich. Nur weiß ich, dass es nicht wirklich Unentschlossenheit ist. Vielmehr Feigheit – ich habe Angst davor, in welchem Zustand ich Alexis vorfinden werde. Und ich habe Angst davor, dass ich vielleicht nicht reparieren kann, was immer man ihr angetan hat. Aber wenigstens ist sie noch am Leben. Daran muss ich mich aufrichten. Was immer geschieht, sie atmet nach wie vor, und sie *braucht* mich. Ich kann sie nicht noch mehr im Stich lassen, als ich es bereits getan habe.

»Schon gut, schon gut. Ich gehe ja.«

Und damit betrete ich das Haus.

»Wer will Tequila, Bitches?«

Seit mich Alaska zu dieser Sache eingeladen hat, habe ich mir vorgestellt, wie betrübte junge Frauen wie traurige Geishas herausgeputzt und aufgemotzt werden, sich widerwillig verschönern lassen, damit sich eine Horde abstoßender Kerle mit ihnen vergnügen kann. Die Szene, die mich im Gebäude der Frauen erwartet, ist davon ungefähr so weit entfernt, wie es überhaupt geht. Sieht mehr nach einer verfluchten Studentenverbindungsparty aus.

»Kurze! Kurze! Kurze!« Eine Gruppe junger Frauen hat sich um eine Kücheninsel aus Marmor in einer überaus teuer wirkenden Küche versammelt. Sie klatschen wie Idiotinnen, während eine Brünette mit Lockenwicklern in den Haaren Patrón in Schnapsgläser einschenkt, als wäre ihr Zweitjob Barkeeperin im verfluchten Coyote Ugly.

»Wer hat die Limetten?«, ruft sie und lässt den Blick der stark mit Mascara geschminkten Augen in die Runde wandern. Sie sieht aus, als könnte sie durch den Auftrieb, den ihr die falschen Wimpern verleihen, jeden Moment abheben. Sie erblickt mich – das weiß ich –, aber sie schaut geradewegs an mir vorbei, als wäre ich nicht vorhanden. »Kommt schon, Mädels. Runter damit! Runter damit!«

Die jungen Frauen, insgesamt sieben, lecken sich Salz von den Handgelenken, stürzen die Tequilas hinunter, klemmen sich Limettenscheiben in den Mund und fangen wieder zu kichern an.

»Wie ich sehe, beehrst du uns also doch mit deiner Gegenwart.« Die kühle Stimme ertönt hinter mir: Alaska. Sie betritt den Raum mit einem Glas Rotwein in der Hand. Sie hält es mit kunstvoll gespreizten Fingern und angewinkeltem Handgelenk, ein Griff, der zugleich anmutig und heikel wirkt, um es gelinde auszudrücken. Alaska trägt mehr Kleidung als die anderen – ein eng anliegendes schwarzes Kleid, das kaum ihren Hintern bedeckt und schrecklich viel von ihrem Dekolleté preisgibt. Alle anderen stecken in knappen Shorts und Tanktops, als wären sie auf einer Pyjamaparty. Meine Schwester habe ich nicht unter ihnen entdeckt.

»Na ja, du hast doch gesagt, ich soll kommen, oder?« Mittlerweile fühle ich mich so fehl am Platz, dass ich ernsthaft überlege, auf dem Absatz kehrtzumachen und die Flucht anzutreten. Die Frau, die eingeschenkt hat, mag mich eben noch ignoriert haben, aber anscheinend elektrisiert Alaskas Gegenwart die Gruppe, und plötzlich zeigen sich alle entschieden interessiert an der Neuen, die in ihren Wohnbereich eingedrungen ist.

Alaska schnieft, betrachtet von oben herab meine Jeans und mein T-Shirt und nippt geziert an ihrem Wein. »Stimmt. Andererseits dachte ich, du würdest zu beschäftigt mit Zee sein, um uns zu beehren.«

Sieben Ohrenpaare horchen bei der Äußerung auf. Eine junge Frau, eine kleine Blondine mit unschuldigen blauen Augen – und weniger unschuldigen künstlichen Titten –, öffnet weit den Mund. Sie rennt praktisch zu Alaska, ringt mit den Händen und wippt auf den Fußballen. »Hast du gerade Zee gesagt? Also Zee wie *Zeth?*«

Sie wirkt geradezu überwältigt. Als wäre der mürrische Mistkerl, der vor Kurzem durch die Tür meines Zimmers hinausgestürmt ist, eine Art Rockstar, sodass sie alles, wirklich *alles* tun würde, um ihn kennenzulernen.

Alaska zieht müde und leicht gelangweilt die schmalen Augenbrauen hoch. Und nippt erneut an ihrem Rotwein. »Ja. Zee wie Zeth.« Sie ahmt den gedehnten Cali-Akzent der jungen Frau nach, aber die Blondine quiekt zu laut, um es zu bemerken.

Alaska hat die Bestätigung ausgespuckt, als wären die Worte Gift. Unabhängig davon wird unter den anderen Frauen eine Reihe definitiv aufgeregter Blicke gewechselt. Eine packt unwillkürlich eine andere am Arm, offenbar zu sehr aus dem Häuschen, um sich im Griff zu behalten.

Was zum Teufel soll das?

Auf einmal wird mir speiübel. Eine Erkenntnis durchzuckt mich, und mir wird schlagartig eiskalt. Zeth ist schon öfter hier gewesen. Julio und er kennen sich gut. Ich bin mitten während einer von Zeths eigenen ›Veranstaltungen‹ bei ihm aufgekreuzt. Wieso ist mir der Gedanke nicht schon längst gekommen? Wieso habe ich nicht in Erwägung gezogen, dass er mit einigen der Frauen hier geschlafen haben könnte? Scheiße, er könnte mit *allen* geschlafen haben.

Die Reaktion meines Körpers auf die Vorstellung erscheint mir maßlos übertrieben. Als sich das Schwindelgefühl und der Anflug von übermäßiger Speichelproduktion in meinem Mund legen und ich mir sicher bin, dass ich mich nicht übergeben werde, gelingt mir ein mattes Lächeln für die Blondine, die mir gerade eine Frage gestellt hat.

»Tut mir leid, wie war das?«

»Ich hab dich gefragt, ob er heute Abend hierherkommt. Ich will einen Blick auf ihn werfen. Georgia sagt, er ist verflucht *riesig!*«

»Äh …«

»Ich hab gehört«, mischt sich eine Blondine mit Ringellocken ins Gespräch, »dass er im ganzen Gesicht tätowiert ist wie ein Indianer. Ist das wahr?«

Ich rücke einige Zentimeter zurück und versuche, Abstand zwischen mich und die anderen Frauen zu bringen, die mir als Rudel auf die Pelle rücken. Als *hungriges* Rudel. »Nein, wieso um alles in der Welt sollte er …?«

»Und was ist mit seinem Schwanz? Du bist doch mit ihm hier, oder? Du bist seine Frau, also musst du ihn schon gesehen haben. Wie groß ist er? Ich hab gehört, er hat eine Frau derart hart gefickt, dass sie ins Krankenhaus musste, weil er sie völlig aufgerissen hat oder so.«

»Nein, Dummerchen. Das war *Rebel.*« Die Brünette mit den Lockenwicklern greift in die Debatte ein und korrigiert die wilden Behauptungen der anderen Frau. »Zeth ist der Kerl, der die Obdachlose bei sich hat einziehen lassen, schon vergessen? Hat uns Benji erzählt.«

Die quirlige Blondine sieht mich mit großen Augen an. »Ooooh, du warst *obdachlos?* Wie ist das gewesen?«

»Äh, ich war nicht obda…«

»Aber du lebst doch mit ihm zusammen, oder?«

Alaska stellt beiläufig ihr Weinglas ab und räuspert sich. Das Geplapper im Raum verstummt wie abgeschnitten. Mit einem entschlossenen Klatschen übernimmt Alaska die Kontrolle. »Naomi war nicht obdachlos. Sie lebt nicht mit Zeth zusammen. Zeth *ist* riesig. Sein Schwanz ist verflucht groß, aber nicht der größte Schwanz der Welt. Und jetzt wär's an der Zeit, dass ihr alle die Klappe haltet.« Mit verengten Augen wirft sie mir einen Seitenblick zu, und ich kann deutlich das Missfallen in den kalten blauen Tümpeln erkennen. »Unabhängig davon, was ihr über Zee gehört habt, er hat Naomi als seine Partnerin hergeholt, nicht als Einsatz.«

Ein Chor betrübter Laute hallt durch die Küche. Alle scheinen entsetzt von der Information zu sein, und ich stehe wie eine Idiotin da, weil ich nicht einmal weiß, was das bedeutet. »Als … als Einsatz?«

Alaska verdreht die Augen. »Wie beim Poker. Um mitspielen zu können, muss man etwas auf den Tisch bringen. Man muss sich den Weg ins Spiel erkaufen. Mit einem Einsatz. Wir sind hier alle Einsätze, Schätzchen. Wir werden wie köstliche kleine Appetithäppchen herumgereicht, damit unsere Herren mit den Frauen vögeln können, die von den anderen Männern hergebracht werden.«

Das … das ist grauenhaft! »Aber ich bin Zeths Partnerin, also werde ich nicht herumgereicht?« Die Frauen hören die Anspannung in meiner Stimme und nehmen sie nicht gut auf.

»Glaub mir, Süße. Dabei bist du diejenige, die verliert«, sagt die mit den Lockenwicklern. »In einer Nacht wie morgen machen wir zehn Riesen. Und was kriegst du? Ich wette, so viel lässt Zeth Mayfair nicht für eine einzelne dürre Schlampe springen.«

»Was? Er … er *bezahlt* mich nicht!«

Das bringt alle verblüfft zum Schweigen. Sie sehen sich gegenseitig an, als würde eine wortlose Unterhaltung geführt, die ich als Einzige nicht hören kann. Alaska bedenkt mich mit einem selbstgefälligen Lächeln, nimmt ihr Glas wieder in die Hand und neigt es in meine Richtung.

»Und hab ich dir nicht gesagt, du sollst ihnen nicht arschig kommen?« Darüber lacht sie, bevor sie sich abwendet und leise vor sich hin singend von dannen zieht.

Es dauert ewig, bis die Frauen darüber hinwegkommen, dass ich keine Nutte bin. Noch länger dauert es, bis sie mir den angewiderten Ton in meiner Stimme verzeihen, als ich verkündet habe, dass mich Zeth nicht für meine Dienste bezahlt. Erst als der Tequila wieder fließt, gelingt es mir, sie dazu zu bringen, mit mir zu reden. Und auch das nur, weil ich bei drei großzügig eingeschenkten Runden mitgemacht und an den richtigen Stellen wie eine Vollidiotin gejohlt habe.

Diesen Teil des Studentenlebens habe ich aus gutem Grund ausgelassen: Ich bin nicht gut darin, eine unbekümmerte Tussi zu sein, und man merkt es mir an. Andere Frauen macht das nervös. Vor allem solche, die sich gegenseitig die Zehennägel lackieren und ungeniert gegenseitig die Möpse drücken, um die Arbeit daran zu überprüfen. Die mit den Lockenwicklern, die sich als Dani herausstellt, tastet meinen Busen gründlich ab, bevor ich überhaupt mitbekomme, wie mir geschieht.

»Hmmm. Echt, was? Sind hübsch. Gute Größe. Nicht allzu klein, obwohl deine Silhouette viel besser aussehen könnte, wenn du ein paar Körbchengrößen draufpackst.«

»Ja, ich hab in meinen Sachen einfach nicht richtig ausgesehen, bevor ich mir die hier zugelegt habe«, steuert Sara bei, die Blondine, die sich über Zeth erkundigt hat. Dazu hebt sie ihre Körbchengröße FF an. Es sind die größten Brüste, die ich je gesehen habe. Ich bin halb in Versuchung, ihr zu sagen, dass ihr Problem wahrscheinlich nicht die Brustgröße, sondern eher der Umstand war, dass sie Stripperinnen-Klamotten getragen hat, aber es gelingt mir, mich zurückzuhalten. Würde nicht gut ankommen, davon bin ich überzeugt. Außerdem bin ich nicht hier, um mich über plastische Chirurgie zu unterhalten. Ich bin hier, um über Alexis zu reden. Um herauszufinden, wo zum Geier sie steckt.

Das abendliche Aufmotzen beginnt erst nach der vierten Runde Tequila. Riesige Kosmetiksets werden hervorgeholt, groß wie Werkzeugkoffer und genauso schwer. Die Frauen veranstalten mächtiges Aufheben, erteilen sich gegenseitig Ratschläge zur Hautpflege und üben, wie sie das Make-up morgen Abend auftragen wollen. Die Veranstaltung ist für mich bisher eine Nebenerscheinung gewesen, die ich bloß immer irgendwie im Hinterkopf hatte, aber auf einmal drängt sie sich mit Getöse nach vorn. Eine Veranstaltung wie jene, die Zeth abgehalten hat. Allerdings weiß ich, dass es diesmal keine dunklen Räume geben wird, in denen man sich verstecken kann. Keine versteckten Winkel, in die man sich zurückziehen und wo man so tun kann, als würde man nicht dazugehören. Ich werde dabei mitmachen müssen, und es wird sowohl um meinetwillen als auch um Zeths willen überzeugend wirken müssen.

Aber das ist etwas, worüber ich mir morgen den Kopf zerbrechen werde. Während ich hier bin, muss ich mich auf die eigentliche Aufgabe konzentrieren. Ich beginne mit allgemeinen Fragen und warte auf eine Gelegenheit, um andere Themen anzuschneiden.

»Also wohnt nur ihr hier? Das Haus scheint mir für euch sieben ziemlich groß zu sein.«

»O nein, normalerweise sind wir zu neunt«, antwortet Sara. »Kady ist in der Stadt, um sich die Nase richten zu lassen. Julio bezahlt dafür, ist das zu fassen? Er hat gemeint, der Zinken würde die Leute abstoßen und niemand würde sie mit einer krummen Altmännernase ficken wollen. Er löhnt für das volle Paket – den Chirurgen, das Hotel, die Spesen, alles.« Sie klingt neidisch. Mich beschleicht der Verdacht, dass Sara für ihre Rieseneuter aus eigener Tasche bezahlen musste. »Na, jedenfalls ist eine der anderen, Chloe, mit ihr gefahren und leistet ihr Gesellschaft. Und die Zweite ist Sophia. Sie trifft sich gerade mit einem aus der Gruppe von Kerlen, die morgen herkommen. Schätze, sie wird morgen Nachmittag zurück sein. Chloe und Kady auch, obwohl Kady nicht arbeiten wird. Ich wette, sie wird zwei blaue Augen haben. Kannst du dir vorstellen, wie übel es wäre, wenn …?«

Sara labert und labert ohne Verschnaufpause weiter, während ich die neuen Informationen verarbeite. Chloe, Kady und Sophia. Keine Alexis. Andererseits weiß ich, dass sie hier ist. Zeth hat mir erzählt, dass er Fotos gesehen hat. Fotos, die Michael geschossen hat, bevor er erwischt wurde. Also müssen sie ihr einen anderen Namen gegeben haben oder so. Kady ist sie mit Sicherheit nicht. Alexis besitzt noch feiner geschnittene Züge als ich. Niemand würde ihr je vorwerfen, eine Hakennase wie ein alter Mann zu haben. Somit bleiben Chloe und Sophia. Mein Mut sinkt, als mir klar wird, dass ich bis morgen Abend keine Gelegenheit erhalten werde, mit Alexis zu reden.

Und was, wenn sich nicht mal dann eine gute Möglichkeit dafür ergibt? Was, wenn wir den ganzen Abend von Leuten umgeben sind und wir nicht zum Reden kommen? Ich schätze, dann muss ich wohl einfach für eine Gelegenheit sorgen. Komme, was wolle, ich werde meine Schwester hier rausholen.

SECHS

Zeth

»Wieso zum Teufel hast du mir nicht erzählt, dass du Rebels Cousin bist?«

Michael ist seine verdreckten, blutfleckigen Sachen losgeworden und steckt wieder in einem gepflegten Anzug, wie ich es bei ihm gewöhnt bin. Es hat mich gejuckt, dem Mistkerl dafür den Arsch aufzureißen, dass er etwas so Bemerkenswertes vor mir verheimlicht hat, aber es wäre bloß verschwendete Energie. Er hat jedes Recht, solche Scheiße für sich zu behalten. Und wenn ich ihn zum Bluten brächte, müsste er sich nur noch mal umziehen.

»Hat mir nicht zugestanden, Zee. Ich hätte es dir schon längst erzählt, aber Rebel will nicht, dass jemand etwas über seine Familie weiß, verstehst du? Er hält es für eine Schwäche, Angehörige zu haben, bei denen es sich lohnen würde, sie zu entführen und zu foltern. Schlecht fürs Geschäft. Vor allem in der Branche, in der er tätig ist. Er hat Feinde, Mann. Mächtige Feinde.«

Ich grunze nur und stürze mein Bier hinunter. »Klingt einleuchtend. Trotzdem …«

»Ja, ich weiß, Mann. Ich weiß. Dir hätte ich es anvertrauen können. Hätte ich tun sollen.«

Michael weiß, dass es Rebel war, der ein Gebot für Sloanes Jungfräulichkeit abgegeben hat. Er weiß auch, dass mir bei Arschlöchern, die junge Frauen entführen und gegen ihren Willen vergewaltigen, die Galle hochsteigt. Über die meisten Dinge halte ich die Klappe, aber das ist das vielleicht einzige Thema, über das ich mich klar und deutlich ausgelassen habe. Zweifellos hat Michael gewusst, dass ich nicht gut darauf reagiert hätte, wenn ich vor der ganzen Geschichte hier davon erfahren hätte, dass Rebel und er blutsverwandt sind.

»Hast du seit Julios Telefonat von deinem Cousin gehört?«, frage ich.

Michael nickt, greift sich ein Bier aus dem Eimer mit Eiswürfeln am Swimmingpool und setzt sich zu mir. »Deshalb wollte ich mit dir reden. Er kommt her.«

Ich zeige auf den Boden zu meinen Füßen. »Hierher? Rebel kommt *hierher?* Warum?«

»Zu der Veranstaltung. Um Julio die Leviten zu lesen, weil er mir Ärger verursacht hat. Um ein paar Weiber zu vögeln. Was weiß ich. Er hat nur gesagt, ich soll mit ihm rechnen.«

Das sind ja verfickt fantastische Neuigkeiten. Verfickt fantastisch. Der Ansturm von Problemen, mit denen ich mich gleichzeitig konfrontiert sehe, verursacht mir schlagartig Kopfschmerzen.

Wird er Sloane sehen und erkennen? Eli, der Privatschnüffler, den ich umgebracht habe, muss ihm Fotos von ihr gezeigt haben, dass er ein so verflucht hohes Angebot für die Jungfräulichkeit einer x-beliebigen jungen Frau abgegeben hat. Wird er sich einigermaßen zu benehmen wissen? Oder wird er etwas tun, das mein Temperament einfach nicht tolerieren kann?

Allerdings ergeben sich neben all dem auch ein paar kleine Vorteile daraus. Wenn Rebel hier ist, wird sich Julio von seiner besten Seite zeigen. Er wird so vom Versuch abgelenkt sein, Rebel in den Arsch zu kriechen, dass er nicht viel Aufmerksamkeit für mich übrig haben wird. Oder für Sloane. Oder für eine Edelnutte, die aus seiner Anlage geschmuggelt wird.

Außerdem ... bin ich Rebel noch nie begegnet. Ich habe bisher immer nur seinen Namen unter Bikergangs und bei den Kartellen gehört – geflüstert, als wäre der Typ ein beschissener Gott oder so. Das ist eine erstklassige Gelegenheit, den Mann kennenzulernen und mir selbst ein Bild davon zu machen, wie er so ist. Damit ich dem Namen ein Gesicht zuordnen kann. Und es mir für später einprägen kann, um den Richtigen totzuprügeln, falls es nötig wird.

»Hörst du mir eigentlich zu, Mann?« Michael hat sein Bier bereits ausgetrunken und hält auch mir eine frische Flasche hin. »Ich dachte, du wolltest Lace bei der Ärztin lassen. Wo ist sie?«

»Oh ... Bei Sloanes Eltern.« Ich nippe an meinem Bier, während ich darüber nachgrüble. Die ganze Sache ist irgendwie ironisch. Und besorgniserregend.

»Sind die nicht superreligiös?«

»Ja. Ihr Vater ist Geistlicher. Viel religiöser geht's kaum.«

Michael lächelt höflich, doch ich merke dem Penner an, dass er innerlich breit grinst. »Und wissen sie von Laceys gleichgeschlechtlichen Vorlieben? Oder davon, dass sie fest entschlossen ist, sich bei der nächstbesten Gelegenheit um die Ecke zu bringen?«

Bei der letzten Frage durchzuckt mich ein Anflug von Panik. Lacey mag es hin und wieder mit Frauen tun, aber sie ist keine reinrassige Lesbe. Würde für mich keine Rolle spielen, wenn sie es wäre – Muschis zu lecken, macht süchtig. Ich kann nachvollziehen, warum Frauen darauf abfahren – aber der wahre Grund, warum sich Lacey gern mit dem schöneren Geschlecht vergnügt, ist, dass sie Angst hat. Angst vor Männern.

Frauen sind in der Regel sanfter, freundlicher, zärtlicher. Aber irgendwann wird Lace ihre Angst überwinden. Zumindest hoffe ich das. Es hat nämlich eine Menge mit der anderen Sache zu tun. Der Sache mit dem Sterben. Sloane mag ihre Eltern aufgefordert haben, mit Argusaugen über Lace zu wachen, aber sie können nicht wirklich verstehen, wie kaputt die Frau ist. Sie kennen sie nicht so wie ich. Sie wissen nicht, mit welchem Maß an Entschlossenheit sie ihr eigenes Ableben herbeiführen will. Ich muss verflucht noch mal mit Sloane reden. Ich muss mit Sloanes verfluchtem *Vater* reden. Wenn Lace unter seiner Obhut stirbt …

Michael holt mich von Mordgedanken zurück. »Hat Sloane ein Problem mit Lacey?«

Das ist eine verfickt merkwürdige Frage. Ich wollte gerade von meinem Bier trinken, aber die Flasche schafft es nur halb zu meinen Lippen. »Was? Nein. Wieso sollte sie?«

Das bringt Michael dazu, kopfschüttelnd zu schmunzeln. »Du hast echt keine Ahnung, Boss. Du treibst es mit Sloane, gleichzeitig hast du einen solchen Beschützerinstinkt für Lacey. Die Ärztin wird annehmen, dass du es auch mit ihr treibst. Oder zumindest früher getrieben hast.«

Ich liebe Michael wie einen Bruder, aber manchmal ist er ein echt dämlicher Arsch. »Sloane sind meine Verflossenen egal. Wahrscheinlich würde es sie nicht jucken, wenn ich es mit Lacey getrieben *hätte*. Sie ist keine solche Frau. Ihr liegt nur was daran, ihre Schwester zu finden. Ich bin bloß ein Mittel zum Zweck.«

Michael sieht mich an, als wäre *ich* der dämliche Arsch. »Echt jetzt?«

»Ja. Na ja, sie hat von mir noch nichts verlangt.« Und sie verlangen *alle* irgendwas von mir. Eine Telefonnummer, ein zweites Date, einen Heiratsantrag. Sloane hingegen hat mich wiederholt aufgefordert, mich aus ihrem Leben zu verpissen, entweder direkt oder zwischen den Zeilen.

Michael streckt die Hand aus und klopft mir auf den Rücken. Er wirkt merkwürdig nachdenklich. »Wenn du das glaubst, mein lieber Freund, dann bist du echt der dümmste Motherfucker, der auf Erden wandelt.«

Ich habe mir keinen anderen Platz zum Schlafen gesucht. Hätte ich wirklich, wirklich tun sollen, hab ich aber nicht. Ich warte auf Sloane, als sie von der Pyjamaparty mit Julios Frauen zurückkommt. Ihre Augen werden groß, als sie mich an dem kleinen Tisch am Fenster sitzen sieht, wo ich die Desert Eagle reinige.

»Was machst du hier?«, fragt sie. Mit so viel Make-up, wie sie gerade trägt, habe ich sie noch nie gesehen. Ihre Augen machen diese merkwürdige Sache, durch die sie wie verrückt vorquellen.

»Dasselbe wie du, schätze ich mal. Ich bereite mich auf morgen Abend vor.«

»Du willst die Pistole mitnehmen?«

»Scheiße, ja. Und was immer ich sonst noch kann, um einen Mann zu töten.«

»Tja, dann sollte Julio wohl besser gut auf sein Besteck aufpassen.«

»Das Besteck ist nicht in Gefahr. Wenn es übel wird, kann ich die bloßen Hände benutzen.«

Ein Anflug von Besorgnis huscht über Sloanes Züge. »Rechnest du damit, dass es so schlimm wird?«

»Nein. Oder vielleicht.« Ich lasse den Lademechanismus einrasten. »Vorsicht ist besser als Nachsehen. Hast du deine Schwester gesehen?« Das ist eine gefährliche Frage. Ich kann ihr nicht am Gesicht ablesen, was sich in dem anderen Haus abgespielt hat. Zwar vermute ich, dass sie sich die Augen aus dem Kopf heulen würde, wenn es schlecht gelaufen wäre, aber bei Sloane weiß man das nie so genau. Sie ist nicht wie irgendwelche anderen Frauen, mit denen ich bisher zu tun hatte. Sloane ist wesentlich komplexer als jede von ihnen. Viel intelligenter. Und verflucht verwirrend.

Sie kommt herüber und nimmt mir gegenüber am Tisch Platz. Die Parfümwolke, die von ihr ausgeht, ist ein wenig überwältigend, aber nicht im Geringsten überraschend. Julios Frauen tragen bei allem dick auf – Make-up, Sonnenbräune, Titten, das volle Programm.

»Sie war nicht da«, teilt mir Sloane mit. »Sie wird morgen Nachmittag rechtzeitig für die Party zurück sein.«

»Oh.« Das ist zwar nicht toll, aber auch nicht entsetzlich. Unser Plan kann immer noch funktionieren. Trotzdem scheint mir Sloane besorgt zu sein.

»Was ist los?«

Sie fährt sich mit dem Daumen über die Unterlippe, während sie mich anstarrt. Ich will ihr schon sagen, dass sie mir echt verfluchtes Unbehagen bereitet, als mir klar wird, dass mir noch *keine* Frau Unbehagen bereitet hat. Und ich will lieber verdammt sein, als es ihr gegenüber zuzugeben.

»Ich hab über etwas nachgedacht. Und ich will nicht, dass du wütend wirst.«

Was für eine bezaubernde Einleitung für eine Unterhaltung. Ich lehne mich auf dem Stuhl zurück und lege die Pistole auf den Tisch. Sloane wirft einen Blick darauf, dann holt sie tief Luft. »Ich will wissen, ob du sauber bist.«

»Wa... Ob ich *sauber* bin?«

»Ja.« Unbehaglich rutscht sie auf dem Stuhl. »Du weißt schon. Wir hatten mehrfach ungeschützten Sex, und ich will mich vergewissern, dass du mich nicht mit irgendeiner ekelhaften oder lebensbedrohlichen Krankheit angesteckt hast. Du hast mit all diesen Nutten geschlafen und ...«

»Jetzt mal langsam, was zum Teufel soll das?« Ich lasse mir die letzten Worte aus ihrem Mund erneut durch den Kopf gehen und versuche, sie zu verarbeiten. »Ich habe mit allen diesen *was* geschlafen?«

Kleine Muskelknötchen zucken in ihrer Kieferpartie, als sie mit den Zähnen knirscht. Ich habe sie wütend gemacht. Na und, was soll's? Sie macht mich auch wütend. Ihre Augen sprühen Funken, als sie sagt: »Ich dachte, du wolltest immer ehrlich zu mir sein. Du kannst mir nicht einreden, dass du nicht mit einer Menge Frauen geschlafen hast.«

»Ich *habe* mit einer Menge Frauen geschlafen, Sloane. Aber ich habe *nie* eine Nutte gefickt.« Ihr abfälliges Schnauben lässt mich wissen, dass sie mir nicht glaubt. »Frauen, die für Geld mit jemandem ins Bett steigen, törnen mich nicht an. Überhaupt nicht. Jede, mit der ich je geschlafen habe, hat es mehr als bereitwillig getan. Was dich mit einschließt.« Ich kann spüren, wie meine Temperatur ansteigt, aber bei Sloane kann ich es *sehen*. Ihre Wangen schillern rot.

»Ach wirklich? Also habe ich meine Jungfräulichkeit in

einem stockfinsteren Hotelzimmer an einen völlig Fremden verloren, weil ich es unbedingt *wollte?*«

»Du …« Ich verkneife mir, was ich in Wirklichkeit sagen will. Fuck! Jene Nacht. Jene Nacht wird uns auf ewig heimsuchen. »Das tut mir nicht leid, Sloane. Ich habe dich nicht dazu gezwungen, und ich habe dich nicht dafür bezahlt.«

»Nein, aber *Eli* sollte mich dafür bezahlen. Er sollte mir dafür verraten, wo meine Schwester ist, *das* wäre die Bezahlung gewesen. Nur hast du ihn umgebracht, bevor er es tun konnte. Also hast du wohl recht. Ich habe wirklich keinerlei Entschädigung dafür bekommen, dass ich für dich geblutet habe.«

Sloane springt vom Tisch auf und zittert vor lauter Wut am ganzen Leib. Ich folge ihr und packe sie am Arm. Sie wirbelt herum und schlägt mich. Ich habe damit gerechnet und lasse es zu. Das habe ich verdient. Wahrscheinlich verdiene ich noch eine Menge mehr von ihr. Ich lasse das Brennen auf mich wirken und warte ab, ob sie noch mehr auf Lager hat. Doch sie steht nur bebend da.

»Ich hätte Alexis schon viel früher gefunden, wenn du dich nicht eingemischt hättest, Zeth«, wirft sie mir im Flüsterton vor. Die Anklage steht ihr deutlich ins Gesicht geschrieben; sie gibt mir die Schuld daran, dass Alexis die letzten zwei Jahre hier festgesessen hat.

»Du hättest sie nicht gefunden. Er hatte die Information nicht, also hätte er sie dir nicht geben können, Sloane.«

»Das ist Blödsinn! Ich war in dem Büro. Eli hat dort mit einem gottverdammten Brieföffner in der Brust gesessen. Und ich hab die Akte gefunden, die er über Alexis hatte! Sie war in seinem Aktenschrank, nur hatte schon jemand sämtliche Informationen daraus entnommen! Warum? Warum hast du das gemacht?«

Ich gebe gerade mein Bestes, aber ich bin nicht wirklich gut in Aggressionsbewältigung. Darüber weiß ich nur, was man mir im Gefängnis beigebracht hat, und das hat noch nie wirklich geholfen. Aber scheiß drauf. Sie will das wieder aufwärmen? Kann sie haben.

»In der Akte hat nichts über Alexis gestanden, Sloane. Es war alles über *dich.* Eli hatte darin deine gesamten persönlichen Angaben. Er hatte Fotos von dir bei der Arbeit, im Auto. *Zu Hause.*« Den letzten Teil lasse ich einen Moment lang zwischen uns hängen, damit sich sämtliche Assoziationen in ihren Gedanken entwickeln können. Ihre Augen blitzen weiter, aber diese Neuigkeit scheint sie zu verblüffen.

»Über mich? Was soll das heißen, Fotos von mir zu Hause?«

»Ich meine damit Fotos von dir unter der Dusche, im Bett, wie du nackt herumläufst. Er hatte Videodateien davon, wie du es dir selbst besorgst, Sloane.«

»Was?« Ihre Stimme ertönt als Flüstern. Das Grauen in ihrem Gesicht …

Scheiße.

»Ich bin hingegangen, um Informationen über Alexis für dich zu beschaffen, aber Eli hat bloß darüber gelacht. Er hat gesagt, er wisse, dass deine Schwester irgendwo in Los Angeles ist, aber er hatte keinen Schimmer, wo genau. Er hatte bloß durch die Gerüchteküche aufgeschnappt, dass eine dunkelhaarige junge Frau von Bikern entführt worden ist und seither für sie arbeitet. Dir wollte er nicht mal so viel sagen, klar? Er wollte dir irgendwelchen Scheiß erzählen, der in einer Sackgasse geendet hätte, und du hättest dich für weitere Informationen wieder an ihn wenden müssen. Und weißt du was? Dann wärst du keine Jungfrau mehr gewesen, also hättest du es mit *drei* Typen treiben müssen, um die nächste falsche Info zu bekommen. Und so wäre es immer weitergegangen. Eine Runde nach der anderen. Und dann bin ich auf die Akten der anderen Frauen gestoßen, die er in seinem Büro hatte. Hast du dir die Mühe gemacht, in die anderen Akten reinzuschauen?«

»Ja! Ich …« Doch plötzlich verstummt sie. Ihre gesamte wutentbrannte Energie ist aus ihr abgeflossen. Sie starrt auf den Boden. Tränen vibrieren an den Spitzen ihrer Wimpern, während ihr Gehirn auf Hochtouren arbeitet. »Ich hab sie gesehen. Ein paar habe ich durchgeschaut. Sie waren alle …« Sloane schluckt schwer. »Sie waren alle normal. Gewöhnliche Fälle. Ehebrecher und geplatzte Kautionen.«

Jetzt bin ich es, der den Kopf schüttelt. »Nein, du hast die Akten, die ich meine, nicht gesehen. Weil ich die auch mitgenommen habe. Ich hab sie *alle* mitgenommen. Er hat dasselbe mit mindestens zwölf anderen Frauen gemacht, und er hat jede Einzelne davon manipuliert. Ich hab die Fotos, die USB-Sticks, die CDs vernichtet, einfach alles. Und du hast recht, ich *habe* Eli umgebracht. Ich hab ihn umgebracht, weil er zuerst auf mich eingestochen hat. Hier. Willst du einen verfickten Beweis?« Ich ziehe mir das Hemd über den Kopf und verrenke mich so, dass Sloane das fünf Zentimeter lange Narbengewebe sehen kann, wo mir Eli Horowitz seinen dämlichen Brieföffner in die Seite gerammt hat. Ich meine, was für ein Privatdetektiv hat kein beschissenes richtiges Messer? Oder eine Knarre, bei genauerer Überlegung?

»Zeth …« Sie streckt die Hand aus. Ihre Fingerspitzen zittern, aber sie berührt nicht meine Haut. Dem Ausdruck in ihrem Gesicht nach hat sie Angst. Eine Heidenangst. Ihr Kopf zuckt in einer kleinen Geste der Verneinung.

»Diese Narben hattest du schon davor. Im Hotel. Ich hab sie gespürt.«

»Klar hatte ich diese Narben schon.« Ich zeige auf die vier gezackten, quer über meinen Rumpf verlaufenden Narben, die ich mir damals in New York und in meiner Zeit in Chino eingehandelt habe. »Aber die hier … die kam danach. Nach unserer Begegnung im Hotel.«

»O mein Gott.« Sloane weicht erst einen, dann einen zweiten Schritt zurück, bis ihre Kniekehlen gegen das Bett stoßen. Ihr Hintern plumpst schwer auf die Matratze, als sie sich setzt. »Ich hatte ja keine Ahnung.« Sie bedeckt mit den Händen den Mund und atmet geräuschvoll zwischen den Fingern hindurch.

»Und um deine Frage von vorhin zu beantworten, Sloane: Ich *bin* sauber. Ich hab nur mit *dir* je ohne Schutz geschlafen. Ich dachte mir, mit dir wäre es sicher, weil ich ja der Einzige bin, mit dem du je zusammen gewesen bist. Trotzdem. Einer Geschlechtskrankheit beschuldigt zu werden war genau das Richtige für einen feinen Ausklang des Tages. Also herzlichen Dank.«

Am liebsten würde ich abhauen. Ich würde gern hinausstürmen und die Tür so verflucht heftig zuknallen, dass sie aus den Angeln fliegt. Allerdings habe ich das in letzter Zeit schon zu oft gemacht, und wir können es uns nicht leisten, uns in Julios Villa weiterhin gegenseitig anzubrüllen. Der Typ wird mich eher früher als später kaltmachen, wenn wir ständig die Ruhe und den Frieden in seinem Zuhause stören.

Also kehre ich Sloane stattdessen den Rücken zu, presse mir die Handballen in die Augen und versuche, die aufgestaute Frustration wegzuatmen. Ich versuche wirklich krampfhaft, einen drohenden Krieg mit ihr abzuwenden. Deshalb hat es in der Vergangenheit immer so gut funktioniert, einfach zu ficken und anschließend zu verschwinden. Wenn man nicht lang genug bleibt, bis die Scheiße merkwürdig wird, dann muss man diesen Schwachsinn nie durchmachen. Es war ein gutes System. Ich sollte dazu zurückkehren und …

Ich erstarre, als ich spüre, wie ihre Hand meinen Rücken berührt.

»Warum hast du das alles getan?«, flüstert sie.

»Welchen Teil? Die Rücksichtnahme auf dein Schamgefühl oder dass ich verhindert habe, dass du von einem verkommenen Arschloch ausgenutzt wirst?«

»Alles. Warum hast du überhaupt eingegriffen? Woher hast du gewusst, dass mich Eli … verkauft hat?«

Es fällt mir leichter, diese Fragen zu beantworten, während ich ihr den Rücken zugekehrt habe. *Leichter,* aber nicht *leicht*. Ich bin mir nicht sicher, ob … Ich bin mir nicht sicher, ob ich ihr richtig antworten kann. Nicht wirklich. Aber ich gebe mein Bestes.

»Mein Onkel Carl.« So fange ich an. So haben viele Geschichten in meinem Leben angefangen. Mit ihm. »Als meine Eltern gestorben sind, hat mich mein Onkel Carl bei sich aufgenommen. Er war ein Stück Scheiße und hat mich regelmäßig verprügelt. Aber er war nicht durch und durch schlecht. Er hat immer gewartet, bis ich mich von der letzten Runde erholt habe, bevor er wieder über mich hergefallen ist. Und er hat mir kaum je Knochen gebrochen. Könnte man wohl als kleine Gnade bezeichnen. Richtig schlimm wurde es, als ich ungefähr acht war. Da hat er angefangen, mehr zu trinken.

Wie auch immer. Jedenfalls habe ich gelernt, mich von allem zu distanzieren. Für mich war Carl wie eine schwärende Wunde, die einfach nicht heilen wollte, und es ist mir irgendwie gelungen, die Nervenenden abzuschalten. Es ist mir gelungen, nichts mehr davon zu spüren. Ich habe alles abgeschaltet, und plötzlich konnte ich alles verkraften, was mir widerfahren ist.

Na, jedenfalls: Vor drei Jahren ist der Pisser gestorben. Jemand hat ihn umgebracht, hat ihn richtig übel aufgeschlitzt. Ich bin im Krankenhaus gewesen, um ihn zu identifizieren, und da hab ich dich gesehen. Du hast auf einen Fahrstuhl gewartet, und ich hab einfach dort gesessen, hab alles auf mich wirken lassen. Dass er tot und Geschichte war und ich nie wieder an ihn denken musste. Und du … Ich hab einen Blick auf dich geworfen und erkannt, dass du genau wie ich warst. Dir war irgendwas passiert, wodurch du dich von allem um dich herum distanziert hast. Du bist durchs Leben gewandelt und hast dabei wie alle anderen ausgesehen, gehandelt und geklungen, trotzdem warst du anders. Du hattest jeden einzelnen Teil von dir nach innen gekehrt. Und ich …«

Mich überkommt der Drang, auf irgendetwas einzudreschen. Ich muss die Fäuste gegen irgendetwas Festes und Schweres rammen. Scheiß drauf. Ich sollte das nicht tun. Was zum Teufel denke ich mir bloß? Meine Hände sehnen sich danach, vor irgendeinem Schmerz zu brennen. Stattdessen jedoch spüre ich etwas Warmes und Weiches an der nackten Haut meines Rückens. Diesmal ist es nicht ihre Hand. Ich atme aus, schaue zur Decke – warum sabotiere ich mich so? Es sind ihre Lippen. Sie küsst mich. Und es fühlt sich so verflucht gut an. Sloane hält still, als würde sie damit rechnen, dass ich weggehe. Als ich es nicht tue, presst sie den Körper an meinen und legte die

Arme um meine Taille, verhakt die zierlichen Hände über meinem Bauch ineinander.

Scheiße.

Scheiße, Pisse und gottverdammter Dreck.

Jetzt kann ich es genauso gut zu Ende bringen. Dieser gewaltige Schlamassel von einer Situation kann ja kaum noch schlimmer werden. »Und … ich wollte wissen, was dich so sehr verletzt hat, Sloane. Also habe ich den Entschluss gefasst, das zu tun. Und ich hab's getan. Ich hab das mit deiner Schwester herausgefunden. Und Michael ist dir gefolgt, als du das erste Mal zu Eli gegangen bist. Und jetzt sind wir hier.«

Ich warte auf eine Reaktion von ihr, aber sie steht nur mit den Armen um mich und der Stirn an meinem Rücken da und haucht kleine, flache Atemzüge über meine Haut. Das ist eine Premiere für mich. Ich habe keine Ahnung, wie ich mich verhalten soll. Der Einzige, dem ich je irgendetwas von all dem erzählt habe, ist Michael, und selbst ihm nur das, was für seine Anweisungen nötig war. Folg der Frau, finde heraus, was sie macht, lass dich dabei nicht sehen. Ungefähr in der Art. Den Grund habe ich ihm nie verraten, und er hat nie danach gefragt.

Letztlich spüre ich, dass sie gleich etwas sagen wird, weil ihre Atmung kurz stockt, als würde sie sich intensiv auf etwas konzentrieren. Und dann …

»Wie ist das möglich? Wie kannst du ein so guter und zugleich ein so gefährlicher Mensch sein, Zeth? Du bist ein wandelnder Widerspruch.«

Das abfällige Gelächter platzt aus mir hervor, ehe ich es unterdrücken kann. »An mir ist nichts gut. Ich habe dich beobachtet. Ich bin dir gefolgt. Ich habe herausgefunden, wie du tickst. Ich habe Pläne geschmiedet, um in dein

Leben einzudringen und dich genauso zu manipulieren, wie es Eli getan hat. Ich bin nicht besser, als er es war.«

Ich spüre, wie ihre Stirn über meinen Rücken rollt, als sie den Kopf schüttelt. »Du bist nicht wie er. Du bist besser, als du glaubst. Warum willst du das nicht zugeben? Das kannst du nicht, oder? Nicht mal dir selbst gegenüber.«

Es gibt eine Menge Dinge, die ich mir nicht eingestehen kann. Wirklich viele. Aber ein guter Mensch zu sein gehört nicht dazu. Ich bin nicht blind – ich weiß, was für einen Menschen ich vor mir sehe, wenn ich mich im Spiegel betrachte. »Mach dir keine Hoffnungen, Sloane. Für mich gibt es keine Rehabilitation. Es gibt nichts, was du versuchen könntest, an mir in Ordnung zu bringen.«

Eine Weile schweigt sie. Das wollte sie wahrscheinlich nicht hören. Wollen die meisten Frauen nicht. Sie glauben alle, sie könnten einen verändern, die Knitter eines verkorksten Lebens ausbügeln. Dann jedoch flüstert sie: »Ich will nicht versuchen, etwas an dir in Ordnung zu bringen. Aber … ich möchte versuchen, dich zu verstehen.«

Ich verspüre den Drang, ihr die Wahrheit zu sagen. Dass nicht mal *ich* mich verstehe. Allerdings bezweifle ich, dass es irgendetwas bringen würde. Also stehe ich nur wie ein verlegener Penner da und bemühe mich, nicht zu genießen, wie sich ihre zierliche Gestalt an meinem Körper anfühlt. Das alles ist auf so viele verschiedene Arten verkehrt.

»Zeth?«

Ich brumme nur zur Antwort. »Hm?«

»Du musst etwas für mich tun.«

Oh, jetzt geht er los, der Teil mit dem Müssen und dem Brauchen. *Ich* brauche dringend einen steifen Drink. »Was?«

»Du musst dich umdrehen und die Arme um mich legen. Kannst du das tun?«

Die Sache mit Sloane ist die: Sie sagt nie das, was ich glaube. Mit diesen Worten habe ich definitiv nicht gerechnet. Sie will, dass ich sie festhalte. Wenn man jemanden so festhält, wie sie es gerade bei mir tut, geht es nicht um Sex. Es geht dabei um etwas völlig anderes. Um etwas, bei dem ich nicht sicher bin, ob ich es geben kann. Und dabei habe ich ihr erst heute Morgen praktisch das exakte Gegenteil gesagt und gewusst, wie es sich angehört hat. *Du bist eine dumme Trulla, die nicht erkennt, was sie direkt vor sich hat.* Tja, und jetzt kommt sie mir damit zurück. Sie lässt mich wissen, dass sie es erkennt. Und dass sie es *will.* Scheiße. Wie konnte es nur dazu kommen? Ich hätte einfach sagen sollen, dass ich Tripper habe, und mich dann verziehen und auf der Couch schlafen sollen. Scheiße, Scheiße, Scheiße.

Sloane harrt erwartungsvoll an mir aus, während ich sämtliche Flüche und Schimpfwörter abspule, die mir einfallen, und doch lässt sie mich nicht los. Sie verfällt nicht in Panik, ergreift nicht die Flucht. Sloane ist so viel mutiger, als ich es bin. Also drehe ich mich um, lege die Arme um sie … und halte sie fest.

SIEBEN

Sloane

Zeth schläft nicht bei mir im Bett. Stattdessen schläft er auf dem Boden auf der gegenüberliegenden Seite des Zimmers, so weit von mir entfernt, wie es nur geht. Durch seine tiefe, regelmäßige Atmung weiß ich, dass er sich im Land der Träume befindet.

Ich hingegen kann nicht schlafen. Der Abend ist nicht wirklich so verlaufen, wie ich es erwartet habe. Ich hätte auf keinen Fall damit gerechnet, eine Seite von Zeth kennenzulernen, die mir, offen gestanden, eine Heidenangst einjagt.

Eine Seite, durch die ich mich vollkommen verwundbar fühle und außerdem wie ein totaler Arsch, weil ich ihm die ganze Zeit die Schuld an der Sache mit Alexis gegeben habe. Wenn ich ehrlich sein will, war mir nicht einmal bewusst, dass ich ihm Vorwürfe deswegen gemacht habe. Das habe ich erst erkannt, als ich Zeit mit diesen Frauen verbracht habe.

Sie waren größtenteils echt süß und offenbar glücklich, trotzdem entspricht ihr Leben nicht dem, was ich mir für Alexis vorgestellt habe. Meine Schwester wollte Architektur studieren. Sie wollte wunderschöne Dinge erschaffen, die Menschen bewundern können. Stattdessen schüttet sie sich mit Tequila zu, bevor sie sich von Männern vögeln lässt.

Gott, warum habe ich das gerade gedacht? Allein die Vorstellung verursacht mir Übelkeit. Ich brauche einen Kaffee. Ich brauche Pip. Ich brauche die kleine Blase, die ich für mich zu Hause in Seattle geschaffen habe. Oder die Blase, die ich mir geschaffen *hatte,* bevor all das passiert ist. Wahrscheinlich gibt es inzwischen kein Zurück mehr. Ich habe keine Ahnung, ob ich überhaupt nach Hause könnte, ohne dass Zeths Boss versuchen würde, mich umzubringen.

Da ich irgendetwas tun muss, ziehe ich mein Handy unter dem Kissen hervor. Instinktiv rufe ich die Nachrichtenfunktion auf und tippe auf *Neue Nachricht.*

Ich:
Bist du wach? Brauche eine Beurteilung meiner psychischen Verfassung.

Dann, wenige Augenblicke später:

Pippa:
Ja. Als würde ich je um zwei Uhr morgens schlafen. Was ist los, *chica?* Ist der Urlaub nicht so entspannend, wie er sein sollte? Ich sag dir was, lass dir eine Massage von einem unverschämt gut aussehenden Kerl verpassen. Danach wirst du dich so viel besser fühlen.

Es widerstrebt mir zutiefst, dass ich Pippa wegen meines plötzlichen Verschwindens belogen habe, aber es würde sie glatt der Schlag treffen, wenn sie wüsste, wo ich mich in Wirklichkeit befinde. Und mit wem. Und was ich vorhabe. Alles zusammen. Die ganze Sache würde ihr Hirn implodieren lassen.

Ich:
Massagen! Ja! Hab ich vor. Aber was das Entspannen angeht …

Pippa:
Ja, ja. Ich weiß, warum du nicht schlafen kannst, Mädel. Und du weißt, dass ich nichts davon halte.

Ich:
Ich kann nicht anders.

Pippa:
Einen anderen Kerl zu finden wird deine Gedanken von ihm ablenken! Geh und flirte mit hawaiianischen Surfern!

Ich:
Und was, wenn ich keine hawaiianischen Surfer will?

Den nächsten Teil kann ich beinah nicht tippen. Es fällt mir schwer, es mir einzugestehen.

Ich:
Was, wenn ich nur ihn will?

Pippa:
Dann sind wir alle dem Untergang geweiht.

Pippa:
Keine Sorge, *chica*. Ich unterstütze dich, wie immer du dich entscheidest. Ich denke bloß, dass es bessere Männer für dich gibt. Versuch, ein wenig zu schlafen, okay?

Die nächste halbe Stunde umklammere ich mein Handy und frage mich, ob sie recht hat. Bin ich dem Untergang geweiht, wenn ich diesen Weg weitergehe? Unwillkürlich glaube ich, dass es so ist. Zeth hat es selbst gesagt – an ihm lässt sich nichts in Ordnung bringen.

Und würde ich jetzt auch dann so empfinden, wenn er mir nicht von Eli und seinen Plänen mit mir erzählt hätte? Würde ich trotzdem aus dem Bett steigen wollen, um zu ihm zu gehen und mich auf dem Boden in seine Arme zu schmiegen? Gott, warum kann ich nicht mal ehrlich zu mir selbst sein? Ja, ich würde es wollen. Ich würde es tun. Ich will schon seit einer ganzen Weile so mit ihm zusammen sein. Ich dachte nur, dass er nicht dasselbe will. Nun jedoch erscheinen mir die Dinge ein bisschen klarer …

Ha! Ja, genau. Ungefähr so klar wie schlammiges Wasser.

Ich rolle mich ein, ziehe die Knie fest an die Brust. Ich brauche einfach Schlaf, damit hat Pippa recht. Also schließe ich die Augen und versuche, mir Bewusstlosigkeit aufzuzwingen, doch es hilft nichts. Vor allem als in der Ferne draußen in der Wüste ein tiefes Grollen beginnt. Es schwillt an und ab, wird mit jeder verstreichenden Sekunde lauter. Donner? Na super. Wüstenstürme sind heftig und laut. Ich werde auf keinen Fall schlafen können, bis das Unwetter vorbei ist.

»Abrir la puerta!«

»Que están aquí!«

Die Rufe dringen von draußen herein, laut und nah. Es sind die Sicherheitsleute, Teo und seine Kameraden, die das Tor bewachen. Und ich verstehe genug Spanisch, um zu wissen, dass jemand verlangt, sie sollen das Tor öffnen. Dass jemand hier ist, wer immer dieser Jemand sein mag.

Ich steige aus dem Bett und drücke die Jalousien runter, um zu sehen, woher der unchristliche Lärm stammt. Die Fensterscheibe vibriert im Rahmen.

Motorräder.

Es ist doch kein Donnergrollen – es sind Motorräder, die durch das offene Tor auf das Gelände rollen, so viele, dass ich den Überblick verliere. Die eleganten schwarzen Maschinen knurren wie verwundete Tiere, und das Gelächter von Männern breitet sich auf dem Hof aus. Mein Herz hämmert so wild in der Brust, dass ich es in jedem einzelnen Teil meines Körpers spüre.

»Rebel«, sagt Zeth. Das Timbre seiner Stimme klingt so tief und bedrohlich wie das Grollen der Motorräder. »Das ist Rebels Crew.« Völlig regungslos beobachtet er mich am Fenster. Das grellweiße Licht der Motorradscheinwerfer, das durch die Scheibe hereinscheint, erfasst seine nackte Brust.

»Wer ist Rebel?«

Zeth schließt die Augen. »Ein sehr übler Mensch. Jemand, den du nicht kennen willst.«

ACHT

Zeth

Ich bin schon vor Sonnenaufgang wach und starre an die Decke. Ich hätte mir keine Sorgen machen müssen, dass ich aus einem Albtraum erwachen und Sloane für jemand anderen halten könnte – weil ich ohnehin überhaupt nicht geschlafen habe. Stattdessen habe ich über Dinge nachgedacht. Darüber, wie ich mit der ganzen beschissenen Situation umgehen soll. Aber immer eins nach dem anderen.

So leise wie möglich stehe ich auf und gehe nach draußen. Tagsüber ist es hier heiß wie in einem Backofen, aber eine Nacht in der Wüste ist frostig. Mein Atem bildet Dampfwölkchen, als ich einen kurzen Spaziergang unternehme. Die Reihe der entlang der Villa abgestellten Bikes ist besorgniserregend. Ich zähle sie von eins bis elf.

Elf verfluchte Widow Makers. Damit habe ich nicht gerechnet. Ich habe mit vielem gerechnet, aber dass Rebel mit seinen Jungs aufkreuzt, hatte nicht einmal einen Gastauftritt in meiner Liste von *Scheiße, die wahrscheinlich ablaufen wird*. Sein Motorradclub hat die Zentrale in New Mexico. Er muss kurz nach seinem Telefonat mit Julio gestern aufgebrochen und so ziemlich Tag und Nacht gefahren sein, bis er hier eingetroffen ist. Kein gutes Zeichen. Sich 13 Stunden lang die Eier an einem Benzintank zu quetschen würde jedem die Laune vermiesen. Und nach allem, was ich über Rebel gehört habe, wird er sehr leicht übellaunig.

Andererseits gilt das auch für mich.

Als ich ins Zimmer zurückkehre, schläft Sloane noch. Ihr Haar sieht aus, als hätte ein Vogel ein Nest daraus gebaut, und auf der Wange hat sie merkwürdige Abdrücke von den Knittern in ihrem Kissen. Sie ist so verdammt wunderschön. Ich komme mir wie ein Ersatzteil vor, als ich herumstehe und sie anstarre, also stapfe ich durchs Zimmer und veranstalte genug Lärm, um Tote aufzuwecken.

»Zeth?«

Ich halte dabei inne, das Bettzeug aufzuheben, auf dem ich geschlafen habe, und drehe mich um. Sie hat sich halb aufgesetzt und blinzelt mich mit großen, schläfrigen Eulenaugen an. »Entschuldige. Ich wollte dich nicht wecken.« Oh, und wie ich sie wecken wollte. »Wir sollten uns wohl wegen heute Abend unterhalten.«

Heute Abend. Julio und Rebel, zwei große Nummern, gefangen in einem kleinen Gebäude mit Gott weiß wie vielen Leuten, die alle nichts Gutes im Schilde führen. Und dazu Sloane und ich mittendrin. Ja, ich bin schon ein kranker Motherfucker. Wieso? Weil durchaus die Chance besteht, dass mich Julio umbringt. Und genauso groß ist die Chance, dass Sloane von Rebel erkannt wird. Und dennoch schwillt mein Schwanz bei der Vorstellung an, Sloane zu Julios Veranstaltung mitzunehmen.

»Ach ja? Wie sieht der Plan aus?«

»Der Plan sieht so aus, dass du dich anziehst und mit zum Frühstück kommst. Noch wird niemand auf sein. Wir können reden und essen.« Mein Magen beschwert sich, als würde er denken, mir wäre die Kehle aufgeschlitzt worden und ich würde seit Tagen hungern. Ich brauche Nahrung. Und ich muss dieses Zimmer verlassen, bevor ich alle Vernunft vergesse und zu Sloane in dieses Bett steige.

Sie betastet mit der Hand ihren Kopf und muss wohl spüren, was mit ihren Haaren los ist, denn ihre Augen werden groß, aber sie zuckt darüber nur mit den Schultern. Das liebe ich an ihr. Sloane ist es scheißegal, wie sie aussieht.

»Okay«, sagt sie und klettert aus dem Bett. Sie trägt nur ein langes T-Shirt und einen Slip, und beim Anblick ihrer nackten Haut regt sich mein bestes Stück in der Jeans. Die Frau hat ellenlange Beine. »Gibt's auch Kaffee?«

»Scheiße, ja. Dafür sorg ich schon.«

Ich hatte recht. Die Bewohner der Villa schlafen noch, als ich mir den Weg in den an die Küche angrenzenden Essbereich bahne. Nur Julios Hausmädchen sind bereits auf den Beinen, bereiten das Essen für die Hausgäste und zweifellos Fingerfood für die kleine Veranstaltung heute Abend vor.

Ich schnappe mir zwei Tassen Kaffee, einen Teller mit aufgeschnittenem Obst und ein paar getoastete Bagel, dann bringe ich alles zu einem kleinen Tisch in der Ecke des Raums, wo ich auf Sloane warte. Sie braucht nicht lange, um sich herzurichten – auch etwas, das ich an ihr mag. Die letzte Tusse, auf die ich gewartet habe, hat sich über eine Stunde Zeit gelassen, um sich die Haare aufzudonnern und Schminke ins Gesicht zu schmieren. Ich merke, dass auch Sloane etwas Make-up trägt, aber nicht viel, nur Mascara und etwas Lipgloss, und ihr feuchtes Haar kringelt sich. Anscheinend hat sie es mit einem Handtuch trocken gerubbelt, aber die verworrenen, feuchten Spitzen bilden ein dunkles, durchscheinendes Geflecht, wo das Wasser ihr Shirt durchnässt. Sieht verdammt heiß aus.

»Oooh, Kaffee.« Wohlig stöhnt sie und schließt die Augen, als sie einen Schluck trinkt. Ich frage mich, ob ihr klar ist, wie total pornomäßig das wirkt. Allerdings bezweifle ich, dass sie sich schon viele Pornos angesehen hat. So oder so, die Lage in meiner Hose, die sich gegenüber vorher beruhigt hatte, spitzt sich schlagartig wieder zu. Ich bin an diesem Morgen megageil und habe keine Ahnung, weshalb.

»Also, wie sieht's aus?«, fragt sie. »Wie läuft das heute Abend ab?«

»Tja.« Ich verlagere auf dem Sitz das Gewicht. Ergreife den Salzstreuer. Stelle ihn zurück. »Es werden eine Menge Leute hier sein. Wir suchen Alexis, dann verschwinden wir schleunigst, solange wir können. Wir lassen dein Auto hier und fahren mit meinem.«

Sie schüttelt den Kopf. »Das ist der Wagen meines Dads. Er bringt mich um, wenn ich ohne ihn zurückkomme.«

Sloane sorgt sich um die alte Karre ihres Vaters, während wir in einer Anlage voller Leute festsitzen, die uns potenziell töten wollen. Nett. »Kann das Ding überhaupt schneller als 100 fahren?«

Sloane schaut zweifelnd drein.

»Siehst du? Außerdem hat das Ding eine Holztäfelung.«

»Was soll das jetzt heißen?«

»Es soll heißen, dass ich kein verfluchtes Auto mit einer Holztäfelung fahre.«

Verschwörerisch lehnt sie sich über den Tisch zu mir. »Na ja, dann schätze ich mal, mein Dad muss sich damit zufriedengeben, stattdessen seine Tochter zurückzubekommen, nicht wahr?«

Sloane sieht so verdammt glücklich aus, dass sich mir der Magen zusammenkrampft. Sie hat Alexis noch nicht mal mit eigenen Augen gesehen, dennoch ist sie felsenfest davon überzeugt, heute Nacht mit ihrer Schwester von hier abzuhauen. Ich hingegen hege daran ein paar Zweifel.

»Wenn wir Julio unter die Augen kommen, könnte die Scheiße ziemlich schnell ziemlich hässlich werden. Wir müssen unter uns bleiben. Bemüh dich, unsichtbar zu sein.«

Der Vorschlag scheint sie zu belustigen. »Und du glaubst wirklich, das würde funktionieren? Mit *dir* an der Seite? Du hast nicht gehört, wie diese Frauen gestern Abend geredet haben. Die können's kaum erwarten, dich zu sehen.« An der Stelle wird der Tonfall ihrer Stimme ein wenig mürrisch und vermittelt deutlich, was sie davon hält.

»Also bist du deshalb gestern Abend angetanzt und hast mir vorgeworfen, ich sei von Krankheiten verseucht?« Der gestrige Abend ist eigentlich so ziemlich das Letzte, worüber ich reden will, aber das ist einfach zu köstlich. »Warst du eifersüchtig, Sloane? Hm?«

Sloane rutscht auf dem Sitz hin und her, und ihre Wangen röten sich. »Nein, ich war nicht eifersüchtig! Ich war bloß besorgt um meine Gesundheit!«

Was für eine Lügnerin. Aber was soll's? Meinetwegen kann sie sich ruhig etwas vormachen, wenn sie will. »Ja, wie schon gesagt: Ich schlafe nicht mit Nutten.«

»Was ist mit Alaska? Zählt sie nicht, weil sie Julios Geliebte ist?«

»Alaska? Alaska zählt nicht, weil sie ein durchgeknalltes Miststück ist. Die Frau habe ich schon öfter abblitzen lassen, als ich zählen kann.« Sloane verbirgt das Gesicht hinter der Kaffeetasse, aber ich kann die Fältchen um ihre Augenwinkel sehen. Sie lächelt. »Warum? Hat sie behauptet, ich hätte sie gevögelt?«

»Oh, sie hat es definitiv angedeutet. Ein paar der Frauen haben Spekulationen angestellt. Über …« Ihr Blick senkt sich, die Richtung verläuft durch die Tischplatte genau dorthin, wo sich mein Schritt befindet.

»Meinen Schwanz? Sie haben über meinen Schwanz geredet?« Oh, das wird ja immer besser und besser. Sloanes Gesicht schillert noch röter.

»Alaska hat gesagt, er sei groß, aber sie habe schon größere gehabt.«

»Ich hab's nie mit Alaska getan. Aber meinen Schwanz hat sie wahrscheinlich trotzdem mal gesehen. Und ich bin sicher, sie *hat* schon größere gehabt. Alaska hat früher in der Pornoindustrie gearbeitet. Die Typen in der Branche sind normalerweise echte Freaks.«

»Tja, dann bin ich sicher, dass *du* in der Branche arbeiten könntest.« Kaum haben die Worte ihren Mund verlassen, verschluckt sich Sloane an ihrem Kaffee. Mich beschleicht der Eindruck, sie wollte den Gedanken nicht laut aussprechen. Ich verkneife mir den Drang, das breiteste, selbstgefälligste Grinsen der Welt in meinem Gesicht erscheinen zu lassen.

»O Sloane. Hast du mir gerade ein Kompliment über mein bestes Stück gemacht?« Wieder verschluckt sie sich und röchelt, als sie versucht, Luft in die Lunge zu bekommen. Ich kann nicht anders – das ist einfach zu leicht. »Hast du mir *tatsächlich* gerade ein Kompliment über meinen Schwanz gemacht? Ich fühl mich fast geschmeichelt.«

»Ich hab gemeint, dass … Ach, vergiss es. Ja, ich hab

dir ein Kompliment über deinen Schwanz gemacht. Er ist riesig. So. Fühlst du dich jetzt als Mann bestätigt?«

Sie bemüht sich redlich, ihre Äußerungen sarkastisch erscheinen zu lassen, dennoch ist sie unsagbar verlegen.

»Ich bin als Mann bereits bestätigt, Sloane. Ich fühle mich jedes Mal wie ein Mann, wenn ich dich zum Schreien bringe. Nein, streich das. Ich fühle mich jedes Mal wie ein *König,* wenn ich dich zum Schreien bringe.«

Sie hört auf zu prusten und Dinge auf dem Tisch umzustellen und sieht mich direkt an. Ihre Augen lodern. Der Ausdruck darin gibt den Ausschlag. Ich kann mich nicht bremsen. Jeder Mann hat seine Grenzen, und der Blick, mit dem sie mich ansieht, überschreitet die meinen.

»Steh auf, Sloane.«

»Was?«

»Steh auf. Komm mit.« Ich stehe selbst auf, verabschiede mich von meinem Kaffee und meinem nicht angerührten Frühstück und strecke die Hand aus. Sloane zögert eine Sekunde, dann ergreift sie meine Hand und folgt mir.

»Wohin gehen wir?«

Als wir uns im Gang befinden, wird mir klar, dass wir es nicht bis zum Zimmer schaffen werden. Ich gehe weiter, bis wir eine Nische im Korridor erreichen, dann hebe ich Sloane praktisch hoch und ramme sie gegen die Wand, presse den Körper gegen den ihren.

»Zeth!«

»Ja, genau das meine ich. Meinen Namen so aus deinem Mund zu hören – dadurch fühle ich mich wie ein Mann«, presse ich knurrend hervor. Ihr feuchtes Haar streift mein Gesicht, als ich mich vorbeuge, um ihren Hals, ihre Kieferpartie, ihr Schlüsselbein zu küssen. Sie schmeckt frisch und sauber und einzigartig nach *sich.* Mein Schwanz pulsiert so verflucht stahlhart in der Hose. Ich muss sie haben. Ich kann verflucht noch mal nicht warten.

Mit einem Ruck ziehe ich ihr das T-Shirt über den Kopf und vergrabe das Gesicht sofort an ihrer Brust. An den unglaublichsten Titten aller Zeiten. Ich fixiere sie mit der unteren Hälfte meines Körpers. Ihre Beine sind um meine Taille geschlungen, und ich kann die Hände auf diese herrlichen Brüste legen, um sie zu kneten. Sloane japst. Ihr Kopf wiegt sich zurück und legt mehr von ihrem Hals frei. Ich habe nicht genug beschissene Hände. Am liebsten würde ich sie überall gleichzeitig streicheln und berühren.

»Verdammt noch mal, Weib.« Ich schnaube an ihrer Haut, reibe meine Erektion an ihr. Es fühlt sich unvergleichlich an. Ich möchte mich härter an sie pressen, mich so tief in ihr versenken, dass sie laut genug schreit, um das ganze Haus aufzuwecken.

Sloane ist unglaublich. Ich packe ihre Brüste und drücke sie so aneinander, dass mir die rosa, aufgerichteten Nippel entgegenragen, mich anflehen, mit ihnen zu spielen. Sloane lässt ein gedämpftes Stöhnen vernehmen, als ich an ihr lecke, mir nacheinander die Brustwarzen in den Mund sauge und dann gerade kräftig genug zubeiße, um Sloane scharf nach Luft schnappen zu lassen. Ihr Kopf schnellt nach vorn, und jäh durchzuckt mich eine Erinnerung – daran, wie sie mich geküsst hat, als ich sie das letzte Mal so genommen habe. Wie sie sich einfach vorgebeugt und die Lippen auf meinen Mund gepresst, die Hände in meinem Haar vergraben hat. Wie es mich entflammt hat. Ich merke ihr an, dass auch sie an jenen Kuss zurückdenkt.

Es wäre das Natürlichste auf der Welt, sie jetzt zu küssen. Es wäre so einfach. Plötzlich hämmert mein Herz wild in der Brust, und jeder Schlag klingt wie ein Sprechgesang:

Ich kann nicht. Ich kann nicht. Ich kann nicht. Ich ziehe mich ein wenig zurück, lasse Sloanes Beine nach unten gleiten, bis ihre Füße auf dem Boden stehen.

»Was …?«

Bevor sie zu Ende sprechen kann, knöpfe ich ihre Hose auf. Sie will fragen, was nicht stimmt, und ich will es nicht hören. Ich will überhaupt nichts von Richtig oder Falsch hören. Diese ganze Sache zwischen ihr und mir – nichts davon fällt unter eine der beiden Kategorien.

Ich reiße ihre Hose runter und schmunzle ein wenig, als sie die Hände an meinen Schultern abstützt, um das Gleichgewicht zu halten. Ich ziehe ihr das Teil nicht bloß runter, ich reiße es ihr vom Leib, und ihre putzigen kleinen Ledersandalen gleich mit.

Nur in ihrem Slip steht sie vor mir. Ihre Hände zucken an ihren Seiten, würde sie versuchen zu entscheiden, ob sie die Brust bedecken will oder nicht. Sie besteht ganz aus Kurven und weichen Linien, schlank und doch feminin, schüchtern und so völlig ahnungslos von der sexuellen Energie, die sie ausstrahlt.

Ich muss diese Frau ficken.

Auf der Stelle, verfluchte Scheiße noch mal.

»Dreh dich um, Sloane.« Sie wirft mir zwar einen verhaltenen Blick zu, aber ihre Brust hebt und senkt sich heftig. Sie ist genauso aufgegeilt wie ich. Im Moment würde sie alles tun, was ich von ihr verlange. Allein dieser Gedanke versetzt mein Blut in Wallung. Und in Anbetracht dessen, wo sich der Großteil meines Blutes gerade befindet, fühlt sich mein Schwanz an, als könnte er jeden Moment explodieren. Sloane stößt sich von der Wand ab, dreht sich langsam um und wirft mir über die Schulter einen letzten zögerlichen Blick zu.

Ich werfe meinerseits einen Blick auf ihren Hintern, der in dem Slip aus schwarzer Spitze steckt, und es ist endgültig um mich geschehen. Es dauert gerade mal drei Sekunden, bis ich mich splitternackt ausgezogen habe. Dann fahre ich mit den Händen die definierten Konturen ihres Rückens hinab, lege sie auf ihre Arschbacken und sauge scharf die Luft durch die Zähne ein. Ich kann nicht warten. Ich kann verfickt noch mal nicht länger damit warten, mich in dieses Hinterteil zu rammen.

Es kostet mich gewaltige Zurückhaltung, Sloane sanft nach vorn zu schieben, damit sie sich an der Wand abstützen kann. Dadurch erziele ich die gewünschte Wirkung: Sie ist an der Taille gebeugt und präsentiert mir ihren Arsch. Und er ist der schönste Anblick, den ich je genossen habe.

Sloane bebt vor Verlangen. Ich habe vorhin nicht gescherzt – wenn ich das mit ihr mache, fühle ich mich wie der gottverdammte König der Welt. Meine Hände gleiten über ihre Seiten, und ich krümme mich über sie, um mit den Fingern ihre Titten zu erreichen. Schwer und voll, so unglaublich baumeln sie herab. Ich komme mir wie ein Kind auf dem Spielplatz vor, und ihr Körper ist mein eigenes, persönliches Spielgerät. Ich stoße mit den Hüften gegen sie und spritze schon beinah ab, als sie wie eine Katze den Rücken durchwölbt und dagegenhält.

»Fuck, Sloane.«

»Fick mich«, gibt sie zurück. »Fick mich sofort. Bitte. Bitte …«

Ihr atemloses Flehen ist Musik in meinen Ohren. Sie ist bereits nass für mich – ich kann es durch ihren Slip fühlen, der meinen Schwanz befeuchtet –, deshalb bin ich nicht sanft. Kann ich nicht sein. Ich habe null Zurückhaltung übrig. Also packe ich das hübsche Höschen und zerfetze es, bereue die Verschwendung kein bisschen. Ich werde Sloane neue Slips kaufen. Ich werde ihr als Ersatz für dieses eine Teil Zeug aus schwarzem Spitzenstoff für Tausende Dollar kaufen. Ist der fairste Handel, den ich je gemacht habe.

Sloane schreit auf. Ich merke ihr an, dass sie versucht, sich davon abzuhalten, nur gelingt es ihr nicht. Innerlich krähe ich darüber wie ein verfluchter Gockel auf Speed – über die Tatsache, dass sie sich nicht beherrschen kann.

Ich packe meine Erektion und drücke zu. Meine Muskeln spannen sich an, als eine lodernde Welle Adrenalin durch meinen Körper flutet. Allerdings versenke ich mich nicht sofort in ihr. Stattdessen streiche ich mit den Fingern über ihre klatschnasse Spalte und bearbeite ihren Kitzler, während ich gleichzeitig meinen Schwanz massiere. Mit jeder Auf-und-ab-Bewegung und jedem Kreisen meiner Finger wird Sloane atemloser. Es überrascht sie, als meine Hand höher wandert und die glitschige Nässe an meinen Fingern über ihren Arsch verteilt. Tatsächlich zuckt sie vor Schreck zusammen.

»Vertraust du mir, Sloane?« So direkt habe ich sie noch nie zuvor gefragt. Ich habe sie nie um ihr Vertrauen gebeten, weil ich entsetzliche Angst davor habe, es zu brechen, wenn sie es mir schenkt. Aber nicht jetzt. Nicht hierbei.

»Ähhh …«

»Vertrau mir.« Diesmal ist es keine Frage. Es ist ein Befehl. Ich reibe den Schwanz an ihrer Muschi und weiß, dass ich damit genau die richtigen Stellen massiere. Die Finger benutze ich, um ihren Hintern zu streicheln und zu kneten. Vermutlich hätte sie nie gedacht, dass sie es je tun würde, doch es dauert nicht lang, bis sie sich erneut gegen mich drückt. Weil sie es genießt. Sie bietet sich mir dar und gestattet mir mit jeder Bewegung ihrer Hüften, mehr Druck auszuüben.

Schließlich drücke ich ein wenig fester, führe einen Finger ein Stück ein und Sloane schreit auf. Ihr Körper bebt so heftig an meinem, dass ich das Gefühl habe zu vibrieren. »Gefällt dir das? Hm?«

»Ja. Ja. Ja …« Sie klingt, als wäre sie völlig berauscht.

Ich habe lang genug gewartet. Erneut ergreife ich meine Härte und führe sie in Sloane ein, stoße so kräftig in sie, dass sich meine Eier zusammenziehen. Ich will hart mit ihr umgehen. Ich will blaue Flecke und meine Fingerabdrücke überall an ihr hinterlassen. Aber das tue ich nicht. Stattdessen fasse ich in ihre Haare, wickle sie mir um die Hand und zerre mit einem kräftigen Ruck daran. Kräftig genug, um ihren Kopf zurückzuziehen und ihren Körper erneut durchzubiegen, so sehr, dass ich mich vorbeugen und ihr in die Schulter beißen kann.

Der Schmerz lässt sie nach Luft schnappen. »O Scheiße!«

Ich drehe ihren Kopf so zur Seite, dass ihr Kinn zurück zu mir gezogen wird, und ich kann sehen, dass ich keine Grenzen überschreite. Sloanes Augen sind nach oben gerollt, ihre Lippen sind prall und geteilt, als sie immer wieder meinen Namen keucht, jedes Mal wenn ich mich in sie zwänge. Sie ist eng. So verflucht eng, dass es beinah schmerzhaft ist, aber auf die beste nur erdenkliche Weise.

Ich riskiere ein wenig mehr Druck mit den Fingern, die nach wie vor mit ihrem Arsch spielen, und sie reagiert darauf, indem sie seufzt und den Druck ihrerseits erwidert.

»O mein Gott, Zeth. Ja. Bitte. Bitte …«

Ja. Das dachte ich mir. Sie ist davon aufgegeilt. Aber ich bin kein verfluchter Arsch. Ich habe es ihr gerade erst gezeigt. Ich habe ihr gezeigt, dass sie es mag.

»Bitte …«

Scheiße. Tja, ich bin kein verfluchter Arsch, aber ich bin auch kein Heiliger. Ich bohre mich in sie, so tief ich kann, und schiebe gleichzeitig den Finger tiefer, aber langsam, damit ich mich bremsen kann, sobald sie es will. Ihr Körper zittert unheimlich heftig, und ich merke, dass sie dagegen ankämpft, aber sie verlangt nicht von mir aufzuhören. Ihr leises Keuchen und Wimmern zeugen von angespannter Lust, nicht von allumfassendem Schmerz. Ich kann durch die Scheidenwand meinen Schwanz in ihrer Pussy spüren, und es ist … es ist einfach … Ich kann nicht anders …

Ich ficke sie. Ficke sie hart. Aber ich achte dabei auf ihre Reaktionen und orientiere mich daran, wenn es um das geht, was mein Finger tut. Als es so aussieht, als würde das Gleichgewicht kippen und die Ekstase hinter dem Schmerz zurückbleiben, höre ich völlig auf und halte mit beiden Händen ihre Hüften fest. Durch den zusätzlichen Halt kann ich noch wilder in sie rammeln. Mein Blut schießt nur so durch meine Adern.

Ich merke es, als sie kurz davorsteht zu kommen. Sie beginnt zu beben, ihre Muskeln spannen sich an, ihre Beine haben Mühe, sie aufrecht zu halten. Ich habe keine Chance, mich zu beherrschen. Wir kommen gleichzeitig und sind beide nicht leise dabei. Langsam bewege ich mich in ihr weiter vor und zurück, während ich nach Luft schnappe. Vielleicht bin ich ein Freak, aber es bereitet mir großes, perverses Vergnügen, mein Sperma über die glitschigen Falten ihrer Scham und in ihrem Arsch zu verteilen.

»Bravo! Bravo!«

Sloane springt von meinem Schwanz, als hätte jemand einen Eimer Eiswasser über uns geschüttet. Im Gang gegenüber unserer Nische lehnt ein Typ mit ausgefranstem schwarzem T-Shirt und zerrissener schwarzer Jeans an der Wand, klatscht in die Hände und grinst von einem Ohr zum anderen.

Ich kenne ihn nicht, aber er ist jung. Ungefähr Anfang 20. Und er ist ein Widow Maker, so viel ist unübersehbar. »Gute Show«, lobt er und applaudiert noch immer. »Dachte, der Spaß würde erst heute Abend losgehen. Offensichtlich hab ich mich geirrt.«

Sloane sucht hastig und leise fluchend ihre Kleidung zusammen – diesmal finde ich ihre Panik nicht annähernd so komisch wie damals, als sie jemand auf der Toilette belauscht hatte. Diesmal macht mich ihre Panik wütend. Ich drehe mich um und bringe den Körper so in Position, dass ich vor ihr stehe und die Sicht auf sie versperre.

»Normalerweise gebietet es die Höflichkeit, seine Gegenwart anzukündigen, Arschloch«, presse ich knurrend hervor. Scheiß drauf, dass ich nackt bin. Scheiß drauf, dass Julio stinksauer sein wird. Ich brech diesem Grünschnabel den Kiefer, wenn die nächsten Worte aus seinem Mund nicht *Tut mir leid* sind.

Zum Glück für ihn sind sie das.

»Tut mir leid, Bro. Mein Fehler.« Mittlerweile lacht er nicht mehr. Er hebt die Hände und wirkt angemessen besorgt wegen des Ausdrucks in meinem Gesicht. Er muss wohl gedacht haben, es wäre mir auch peinlich. Aber das legt man durchs Leben im Gefängnis restlos ab. Schamgefühl, Verlegenheit, alles. »Ich wollte euch nicht so überrumpeln, Mann«, fügt der Junge hinzu. »Aber Scheiße,

Kumpel. Immerhin habt ihr es mitten in einem Gang getrieben.«

Ich finde immer noch, dass ich ihn schlagen sollte. Meine Fäuste sind bereits geballt, als Sloane meinen Arm ergreift. »Ist schon gut. Er hat völlig recht.«

Sie schiebt sich hinter mir hervor, irgendwie vollständig angezogen, wenngleich sie mächtig zerzaust aussieht. Ihre Wangen sind knallrot, trotzdem gelingt es ihr, dem Jungen in die Augen zu sehen. Sein Gesicht erbleicht, als er einen richtigen Blick auf sie wirft. »Heilige … verfickte … Scheiße! Was zum …?« Seine Reaktion erfolgt schlagartig. Er schaut drein, als hätte er einen Geist gesehen.

»Mal, was zum Henker treibst du hier drin …?« Eine gebieterische, verärgerte Stimme ertönt hinter uns, dann biegt ein weiterer Widow Maker um die Ecke. Schwarze Stiefel, schwarze Jeans, schwarzes T-Shirt, dazu eine Lederjacke mit dem VP-Abzeichen über der Brusttasche. Der Typ erstarrt mitten in der Bewegung, als er mich erblickt, und diesmal bin ich es, der dreinschaut, als hätte er einen Geist gesehen. Weil es so ist.

Cade Preston.

Der gottverdammte Cade Preston.

Sein Mund klappt auf, und er starrt mich mit völliger Fassungslosigkeit im Gesicht an. »Zee?« Und dann mit gerunzelter Stirn: »Wieso bist du nackt?«

Mir fällt nichts anderes ein, also platze ich mit dem Erstbesten hervor, was mir durch den Kopf schießt. »Du! Wieso zum verfickten Teufel bist du nicht *tot?*«

NEUN

Zeth

(Vor vier Jahren in Chino)

»Das Essen schmeckt wie Scheiße, Mann.«

»M-hm. Ja, ich würde auch sagen, da drin ist ein ziemlich hoher Anteil an Scheiße.«

»Von wegen *hoher Anteil,* Alter. Das Zeug ist *durch und durch* Scheiße. Der braune Brei da kann nur Hundekacke sein. Das Brot Pferdemist. Und der Pudding Vogelscheiße, Alter, ich sag's dir. Hab gesehen, wie die Arbeitsmannschaft den Dreck vom Dach gekratzt hat.«

Ich stochere mit der Gabel an der braunen Scheibe Formfleisch und beäuge sie misstrauisch. Marco beobachtet mich dabei; er gibt durch die Zähne ein verächtliches *Chhh*-Geräusch von sich. »Zee, Alter, das ist die übelste Scheiße auf dem Teller. Das ist Colossus' persönliche Scheiße-Kreation. Er furzt den ganzen Tag lang dahinten in der Küche rum. Deshalb essen Schwarze keinen Hackbraten, Motherfucker.«

So laufen die Mahlzeiten im Knast jeden Tag ab. Wir beschweren uns ständig über den Fraß und essen ihn dann trotzdem, weil wir keine andere Wahl haben. Aber der Hackbratentag ist besonders schlimm. Colossus, der riesige Russe, den sie dafür eingebuchtet haben, dass er seine Frau und seine Kinder umgebracht hat, ist der Koch, und es scheint ihm eine diebische Freude zu bereiten, alles anbrennen zu lassen, was er aus der Küche schickt. Sein trockener Hackbraten ist einfach nur widerlich.

Durch die Kantine dröhnen das Geplauder und das lärmende Geplänkel zwischen den Insassen. Alle sind nach ihren jeweiligen Rassenstereotypen unterteilt. Rechtsextreme, Schwarze, Mexikaner, Italiener … Spielt keine Rolle, ob man draußen ein Neonazi, ein Gangmitglied, ein Koksdealer oder ein Mafioso war, innerhalb solcher Mauern wird die eigene Herkunft zum Glaubensbekenntnis. Das System basiert größtenteils auf Hass. Die Schwarzen hassen die Weißen, die Italiener hassen die Mexikaner *und* die Schwarzen, die Mexikaner hassen die Weißen, und die Weißen hassen alle, auch andere Weiße, wenn sie von ihnen geärgert werden.

Wie Treibgut inmitten dieses Meeres von Hass sitze ich an einem Tisch mit Marco, dem vielleicht schwärzesten Kerl, der mir je begegnet ist, und Leroy, der zufällig Mexikaner ist. Neben Leroy wartet ein leerer Stuhl auf das vierte Mitglied unserer Gruppe: Cade. Cade ist weiß wie ich, aber keiner von uns beiden war weiß genug, um den Klu beizutreten. Die Klu sind nach den Schwarzen die vermutlich größte Gruppe, und sie stehen nicht sonderlich darauf, wenn sich Hellhäutige mit anderen Rassen abgeben.

Uns vier nennen sie die UNO, ein Begriff, den sogar die Wärter lustig finden. Wir sind Ausgestoßene. Wir essen zusammen, scheißen zusammen, duschen zusammen, laufen auf dem Hof zusammen. Wir decken uns nur dann nicht gegenseitig den Rücken, wenn wir in unseren Zellen eingeschlossen sind, aber dann sind da ja nur wir und der Typ, mit dem wir uns die Zelle teilen. Und die richtige Scheiße läuft in der Regel nicht bei solchen Einzelbegegnungen ab.

»Wo ist dein Kumpel?«, fragt Leroy und hackt geschickt mit der Flachseite der Gabel auf sein Essen ein. Man wird geübt darin, wenn man nur ein stumpfes Plastikmesser hat, um Colossus' Fraß zu schneiden.

Marco kaut mit offenem Mund. Die Gabel baumelt lose in seiner Hand. »Keinen Schimmer. Aber er ist lädiert. Hadley hat ihn vor einer Stunde mit der Krankenschwester gesehen.«

Das ist eine Neuigkeit. Eine Neuigkeit, die keinen Sinn ergibt. »Mit der Krankenschwester? Warum?«

»Ist aufgemischt worden, als er einem der Wärter auf dem Weg aus der Einzelhaft dumm gekommen ist. Ich glaube, die wollten ihn gleich wieder reinwerfen, nur haben sie die Zelle für Barteaux gebraucht. Der durchgeknallte Motherfucker hat sich schon wieder mit 'nem selbst gebastelten Messer verstümmelt.«

Im Knast sorgt man sich sonst eher darum, von jemand anderem mit einer selbst gebastelten Waffe attackiert zu werden. Aber nicht Barteaux. »Ist das *dritte* Mal, dass er's getan hat.«

»Ich weiß, Mann.« Leroy lacht. »Der Typ glaubt allen Ernstes, er würde von hier weg verlegt, wenn die Verwaltung glaubt, dass man's auf ihn abgesehen hat. Dem sollte echt mal jemand sagen, dass er aufhören sollte, sich das Messer vor den Kameras reinzujagen.«

Marco unterbricht das eigene Gelächter und zeigt zur gegenüberliegenden Seite der Kantine. »Yo. Moment mal. Ich seh unseren Kumpel.«

Und tatsächlich, Cade bahnt sich gerade mit einem Tablett in den Händen den Weg zwischen den Tischen hindurch. Er ist ein großer Kerl, fast so groß wie ich. Dunkelhaarig, übersät von Tätowierungen. Wir könnten Brüder sein, sind wir aber nicht.

Er muss eine einjährige Haftstrafe für ein Verbrechen absitzen, über das er sich zu reden weigert. Ich hab ihm den Arsch vor einer deftigen Tracht Prügel gerettet, die ihm die Klu an seinem ersten Tag angedeihen lassen wollten, und seither sind wir befreundet.

Als Cade antanzt und sein Tablett wuchtig auf dem Tisch abstellt, stupst Leroy mit dem Finger an der zornig aussehenden Naht, die von Cades Schläfe nach unten zu seinem Wangenknochen verläuft. »Was sag ich dir immer wieder über *clavo, ese?* Du sollst die Scheiße doch nicht in deiner Zelle verwahren, Alter. Wenn sie dich weiterhin so oft ins Loch verfrachten, schreiben sie noch deinen Namen über die Einzelhaftzelle.«

Cade ist wiederholt mit Schmuggelware erwischt worden – oder *clavo,* wie Leroy dazu sagt. Ich habe schon miterlebt, wie sie ihn wegen Gras ins Loch gesteckt haben, wegen eines Schlagrings und wegen eines Handys – keinen Schimmer, wie er das Ding hier reingebracht hat. Mit finsterer Miene schlägt er Leroys Hand weg.

»Fick dich, Mann.«

Ich reiche ihm ein Päckchen Kippen und ziehe eine Augenbraue hoch. »Was war's diesmal?«

Cade öffnet das Päckchen, nimmt drei Zigaretten heraus und steckt sie für später in die Brusttasche seines Overalls. »Anzügliche Bilder sexueller Art«, antwortet er und schaufelt sich Essen in den Mund.

Marco bricht in grölendes Gelächter aus. »Porno? Sie haben dich eine Woche dafür verknackt, dass du dir Muschis angesehen hast?«

Cade zuckt dazu nur mit den Schultern und schluckt sein Essen runter. »Die ficken mich für alles. Das wisst ihr.«

»Ja, Alter, wissen wir. Nehmen sie dich immer noch so hart ran?«, fragt Marco.

Cade lässt einen misstrauischen Blick über die Tische ringsum wandern, die Augen zu schmalen Schlitzen verengt. Dann atmet er tief aus. Seit er hier ist, war er immer wieder die Zielscheibe von Angriffen sowohl der Arier als auch der Mexikaner *und* der Gefängniswärter, obwohl niemand sagen will, warum. Am wenigsten Cade selbst.

Die Gefängnisverwaltung will von ihm, dass er über irgendetwas singt, und die Gangs haben eine Heidenangst, dass er es tun könnte. Bisher hält er die Klappe und verrät nicht mal uns dreien, was diese dunkle Scheiße ist, die sein Leben täglich bedroht. »Diesmal haben sie mir Zeugenschutz angeboten«, gesteht er schließlich.

Leroy klopft ihm gegen den Arm. »Verdammt, Alter. Du weißt schon, dass du lebenslang ein Gehalt kriegst, wenn du in den Zeugenschutz gehst, oder? Geschenktes Geld. Man muss für den Rest seiner Tage nichts mehr tun!«

»Abgesehen davon, ständig über die Schulter zu blicken«, werfe ich ein. Cade nickt mir zu – ich verstehe ihn.

Die anderen sind Kleinkriminelle. Leroy ist in einen Baumarkt eingestiegen und hat eine Bohrmaschine geklaut. Für das Verbrechen wäre er in Lompoc stattdessen in einem Hochsicherheitsknast gelandet – wenn der dämliche Pisser den Nachtwächter, der ihn ertappt hat, nicht halb totgeprügelt hätte. Bei Marco ist es dieselbe Geschichte. Er war draußen ein kleiner Dealer und hätte wahrscheinlich zwölf Monate in einer harmlosen Strafanstalt abgebrummt, wenn er beim Fluchtversuch nicht einen Cop tätlich angegriffen hätte.

Diese Typen haben keinen Schimmer, was es heißt, im organisierten Verbrechen zu arbeiten. Ich schon, und Cade auch. Er hat es mir nicht gesagt, aber ich weiß verflucht genau, dass er knietief in irgendwelcher hochkarätigen Scheiße drinsteckt. Der Zeugenschutz ist nicht annähernd so sicher, wie ihn die Bullen und die Politiker darstellen. Es gibt immer einen Weg. Eine Person, die man bedrohen kann. Einen Computer, den man hacken kann. Und dann ist man tot. Wir essen weiter unseren Fraß und reden nicht mehr darüber.

Am Ende spielen Überlegungen über das fehlerbehaftete Zeugenschutzprogramm keine Rolle. Cade kommt nicht dazu, in den Zeugenschutz zu gehen, er schafft es nicht mal raus aus Chino. Drei Wochen später, während eines der seltenen Augenblicke, in denen keine UNO-Vollversammlung stattfindet, sticht ein Arier namens Spider meinem Freund dreimal in den Rücken. In eine Niere. In die Leber. In die Lunge. Ein professioneller Anschlag.

Die Wärter tragen seinen erschlafften Körper den Gang runter, vorbei an der offenen Tür meiner Zelle, wo ich Klimmzüge mache. Sie lassen einen Strom von Blut hinter sich zurück. Cade kommt nicht wieder.

Offiziell wird verlautbart, dass Cade Preston an seinen Verletzungen gestorben ist.

ZEHN

Sloane

Dieser Mann, dieser Fremde … Er sieht gefährlich aus. Zeth erstarrt mitten auf dem Gang und glotzt ihn mit verkrampfter Kieferpartie an.

Und hat er ihm gerade vorgeworfen, dass er eigentlich tot sein müsste?

Ein ungutes Gefühl nistet sich in meiner Magengrube ein. Zeth sieht aus, als hätte er eine Kugel in den Kerl gejagt, ihn verscharrt und gerade herausgefunden, dass er sich irgendwie selbst ausgebuddelt hat und ins Leben zurückgekehrt ist. Beängstigend daran ist, dass mir das durchaus möglich erscheint. Sollte Zeth diesen Mann ausschalten? Wird gleich ein wilder Kampf entbrennen? Doch Zeth hebt nur seine Sachen auf und zieht sich mit leicht gerunzelter Stirn an.

»He, Mal, warum gehst du nicht nachsehen, ob die Jungs irgendwas brauchen, hm?«, wendet sich der Fremde an den jungen Mann, der vor gerade mal fünf Minuten mit angesehen hat, wie Zeth und ich Sex hatten. Mal wirkt ein wenig verstimmt, aber nach einem strengen Blick von dem dunkelhaarigen Mann kommt er der Aufforderung nach und verschwindet.

Mittlerweile ist Zeth vollständig angezogen und scheint sich ein wenig gesammelt zu haben. »Du bist also ein Widower, Cade? Tja, schätze, das passt irgendwie ins Bild«, brummt er. Dabei klingt er … Ich habe keine Ahnung, wie er klingt. Ich kann mir nicht zusammenreimen, was der Gewitterwolkenausdruck in seinem Gesicht zu bedeuten hat. Cade schabt mit der Spitze eines Stiefels am Absatz des anderen und nickt.

»Ja, tut es wohl, oder? Du bist wahrscheinlich gerade ziemlich verwirrt.«

»Kannst du laut sagen.«

Die Spannung zwischen den beiden ist erstickend. Cade wirkt verhalten entschuldigend, während Zeth unverkennbar kurz davor ist, aus der Haut zu fahren.

»Nach dem Angriff haben sie mich verlegt. Bin für den Rest meiner Strafe in Einzelhaft gesteckt worden.«

»Sie haben dich für *fünf Monate* ins Loch geworfen?«

»Ja, Mann. Sie haben mich ziemlich heftig unter Druck gesetzt. Und dann noch ein bisschen mehr. Ich hab ihnen nicht gegeben, was sie wollten, also haben sie mich zum Verrotten dort gelassen. Haben gemeint, ich wüsste ja, wo ich sie finde, falls ich es mir anders überlege.«

Gefängnis also. Zeth kennt diesen Mann aus dem *Gefängnis*, und so wie es sich anhört, hat Zeth gedacht, der Fremde wäre dort gestorben.

Ich räuspere mich – eine kleine Erinnerung an meine Anwesenheit. Cade sieht mich an und wirkt baff darüber, dass ich immer noch da bin. Anscheinend geht es Zeth genauso. »Äh, Naomi, warum gehst du dich nicht schon mal für später vorbereiten? Ich muss mich mit dem Mann unterhalten.«

Eine Unterhaltung. Und keine, die mit den Fäusten geführt wird? Ich bin unheimlich neugierig, wer um alles in der Welt dieser Kerl ist, aber ich merke, dass es keinen Sinn hätte zu diskutieren.

Plötzlich fühle ich mich sehr, sehr schmutzig. Ich brauche eine Dusche, und ich bin stinksauer auf Zeth. Erst fickt er mich in einem Gang vor einem Wildfremden, hat nicht den Anstand, den Wildfremden zu *bemerken,* und dann serviert er mich ab, um mit einem alten Knastkumpan abzuhängen? Klingt entschieden zu sehr nach einer billigen Seifenoper im weißen Arbeiterklassemilieu. Ich werfe ihm einen stechenden Blick zu, dann kehre ich ihm den Rücken zu und würdige ihn keiner Antwort. Unser Zimmer ist nur sechs Meter entfernt – sechs verfluchte Meter, und er konnte sich nicht mal so lange zusammenreißen. Ich bin sicher, er hört den lauten Knall, als ich die Tür zuwerfe.

Arschloch.

Mein Körper ist wund von dem Sex, den wir gerade hatten, an manchen Stellen mehr als an anderen. Ich ziehe mich wieder aus und spiele mit dem Gedanken, meine Kleidung zu verbrennen, als ich seinen Geruch überall daran wittere. Dann nehme ich die heißeste Dusche in der Geschichte des Duschens.

Nicht lange nachdem ich damit fertig bin, mich zu säubern, klopft es an der Badezimmertür, aber ich will verdammt sein, wenn ich angerannt komme, nur weil Zeth entschieden hat, dass er mich sehen will. Demonstrativ ignoriere ich das Hämmern, bis ich eine Stimme mit starkem Akzent durch das Holz rufen höre.

»Hawthorne! Miss Hawthorne!«

Hawthorne? Ach ja, richtig. Das ist der Name einer Zahnärztin, den ich mir verpasst habe, als mich Julio gefragt hat, wie ich heiße. Naomi Hawthorne. Die Tür erzittert auf den Angeln. Es klingt, als könnte sie jeden Moment aus dem Rahmen springen. Was zum Teufel ist da draußen los? Ich steige aus der Dusche, wickle mich in ein Badetuch und gehe an die Tür.

Ein kleiner, übergewichtiger Mexikaner steht mit einer Pistole in der Hand davor. Seine Brust hebt und senkt sich heftig.

Ich setze dazu an, die Tür zuzuschlagen – ich habe nicht vor, mich im Badezimmer eines mexikanischen Bordells erschießen zu lassen –, aber der Mann steckt den Fuß in die Lücke.

»Miss Hawthorne! Kommen Sie bitte! Helfen Sie. Brauchen Ihre Hilfe!«

Meine Hilfe? Jäh durchströmt mich Adrenalin. Mist. Also wollte Zeth diesen Kerl *doch* totprügeln. Er muss ihn angegriffen haben oder so.

Ich lasse die Tür los, dränge mich an dem kleinen Mexikaner vorbei und schnappe mir die frischen Sachen, die ich auf dem Bett vorbereitet habe. »Raus! Raus hier!« Ich deute zur Tür und schleudere dem Mann einen wutentbrannten Blick zu. Er versteht den Wink und weicht mit dem Rücken zu mir zur halb geöffneten Zimmertür zurück, während ich mich anziehe.

»Okay, wo ist er? Zeig es mir.« Wahrscheinlich hat Zeth den anderen mittlerweile längst umgebracht. Ich habe keine Ahnung, warum die Mexikaner denken, ich könnte ihn aufhalten. Dabei hat er mir die ganze Zeit gepredigt, wir müssten uns unauffällig verhalten, dürften für keinen Aufruhr sorgen. Und jetzt hat er selbst …

Unvermittelt halte ich an. Der fette kleine Mexikaner hat mich nicht zu Zeth geführt. Er hat mich vielmehr auf den Hof vor der Villa geführt, wo eine Reihe von Frauen aus dem anderen Haus im Kreis stehen, sich gegenseitig festhalten und weinen, während ein kniender Mann

Wiederbelebungsmaßnahmen an einem Körper auf dem Boden durchführt.

Es handelt sich um eine junge Frau. Sie trägt weiße Sportschuhe und eine enge blaue Jeans. Ihre Bluse ist rot. Nein, nein, ihre Bluse ist *nicht* rot. Sie ist weiß, aber die Vorderseite ist von Blut durchnässt. Völlig davon gesättigt. Der Mann, der die junge Frau wiederzubeleben versucht, blickt auf seine Hände hinab, als wüsste er nicht, was er tut oder warum die Frau nicht aufwacht, als er auf ihre Brust drückt.

An der Stelle übernehmen meine Instinkte das Kommando. Ich eile los und stoße ihn beiseite, achte nicht auf das erschrockene Japsen der Umstehenden, als er zur Seite kippt. Ich sinke auf die Knie, packe die Bluse der jungen Frau und ziehe sie hoch.

Die Quelle all des Blutes ist auf Anhieb ersichtlich. Eine Schussverletzung direkt unter den Bügelenden ihres BHs. Ich rolle sie zu mir und beuge mich über sie, untersuche den Rücken – gibt es eine Austrittswunde? Nein. Keine Austrittswunde. Scheiße. Und sie ist an der schlimmstmöglichen Stelle getroffen worden. Moderne Projektile sind so konstruiert, dass sie in einem Menschen zersplittern, in etliche Teile zerbersten, damit sie maximalen Schaden an den inneren Organen anrichten. Und die inneren Organe in der Nähe dieser Wunde sind die heikelsten und wichtigsten überhaupt: das Herz. Die Lunge.

»Wir müssen sie hineinschaffen. Auf einen Tisch.« Als ich aufschaue, sehe ich ein Dutzend angespannter Gesichter, die jede meiner Bewegungen beobachten. Am Rand der Gruppe erspähe ich ein vertrautes Antlitz – Michael. Er geht in dem Gewirr unter, als drei der Männer, Mitglieder derselben Bikergang wie Cade, nach vorn eilen, um die junge Frau hineinzutragen. Ich habe gar nicht überprüft, ob das Opfer überhaupt noch lebt, also ergreife ich den herabbaumelnden Arm und gehe mit ihnen. Mit dem Zeige- und dem Mittelfinger taste ich nach dem Puls und finde ihn. Er ist schwach und tachykard, aber vorhanden. Und dann …

Ein ersticktes Japsen entringt sich meiner Kehle.

O nein. O nein, nein, nein … Das kleine, sternförmige Muttermal an der Innenseite des Handgelenks ist mir mehr als vertraut. Es hat sich in nahezu jede Kindheitserinnerung eingebrannt, die ich besitze. Ich habe es schon Tausende Male gesehen. Und würde es überall wiedererkennen.

Ich habe das Gesicht der jungen Frau noch nicht gesehen, trotzdem weiß ich, dass sie es ist.

Ich weiß, dass es Alexis ist.

ELF

Sloane

Sie haben Alexis auf den riesigen Küchentisch gelegt. Überall rennen Hausmädchen herum, quietschen, weinen und plappern aufgeregt auf Spanisch. Der Mann von vorhin, der die Wiederbelebungsmaßnahmen versucht hat, steht neben dem Tisch, hält die Hände bereit, um erneut auf ihre Brust zu drücken.

»Weg von ihr, verflucht noch mal!« Ich remple mich durch die Leute, die uns in die Villa gefolgt sind, und stoße den Kerl beiseite. »Sie hat einen Puls, du Idiot!«

»Aber sie atmet nicht!«

»Sie atmet *sehr wohl.* Sie ist bewusstlos, weil sie zu viel Blut verloren hat.«

Der Typ taumelt zurück, fährt sich mit den Händen durchs Haar und verschmiert Blut überall in seinem Gesicht. »Jamie wird mich umbringen. Jamie wird mich *ganz sicher* umbringen« ist alles, was er dabei wieder und wieder murmelt. Er lenkt mich verflucht noch mal ab.

»Ich brauche …« Scheiße, ich habe nichts hier, was ich brauche. Meine Arzttasche habe ich bei meinen Eltern gelassen.

Ich hätte nicht mal im Traum daran gedacht, dass ich hier vielleicht medizinische Arbeit verrichten müsste. Im Nachhinein betrachtet war das wirklich dumm, aber dagegen lässt sich jetzt nichts mehr unternehmen.

»Was? Was brauchst du?« Der Mann ist kreidebleich geworden, und seine Hände zittern wie verrückt. »Sag es mir, und ich besorg's für dich. Komm schon!« Er gerät in Panik, genau wie ich.

»Ich brauche eine Plastiktüte, Klebeband und Nähzeug. Alkohol, verschreibungspflichtige Medikamente, kochendes Wasser, Handtücher, eine Pinzette. Das schärfste Messer, das du finden kannst. Los.«

Verfluchte Hinterhofchirurgie an meiner potenziell sterbenden Schwester ... dazu ist es jetzt gekommen. Ich habe Mühe zu atmen.

Es gibt einen Grund, warum Ärzte niemals Angehörige behandeln, und mein rasendes Herz ist ein Teil des Grundes. Ich bin im Begriff, den Verstand zu verlieren, und Unfallchirurgie ist eine Kunstform. Nicht viele Menschen sind dazu in der Lage – es ist unabdinglich, dass man unter extremem Druck gefasst bleibt und das Chaos, das Geschrei, die Panik um einen herum ignoriert. Die Hand muss während der gesamten Zeit vollkommen ruhig bleiben. Im Augenblick zittert meine Hand so heftig, dass ich glaube, ich könnte nicht mal einen Stift aufheben.

»Sagt mir, was passiert ist. Beschreibt mir haargenau, was passiert ist, damit ich es mir bildlich vorstellen kann.« Der Mann, der eben noch am Tisch gestanden hat, ist weg, aufgebrochen zu der Mission, die von mir verlangten Dinge zu finden. Ein anderer Mann Ende 20 tritt vor. Er trägt ein adrettes Hemd und ausgerechnet eine Krawatte. Dazu eine hautenge Jeans, die genauso fehl am Platz wirkt wie die Krawatte. »Soph ist angeschossen worden«, murmelt er und reibt mit den Handflächen über seine Jeans. Seine Hände sind voll Blut. Am liebsten würde ich ihm ins Gesicht schlagen.

»Ich kann verflucht noch mal sehen, dass sie angeschossen worden ist, Arschloch! Mit was für einer Waffe? Aus welcher Entfernung? Aus welchem Winkel?«

Der Kerl glotzt mich nur verständnislos an. Eine Frau liefert mir die Antworten, eine große Blondine mit stechenden grünen Augen. »Wir waren bei einem Treffen. Ist schiefgegangen. Wir sind erwischt worden und mussten fliehen. Soph ist von einer Glock 22 getroffen worden. Kaliber 40. Der Schuss ist aus ungefähr sechs Metern Entfernung abgegeben worden, von der Seite, ungefähr so, aber höher.« Sie geht links von mir in Position, hebt die Hand, bildet mit den Fingern eine Pistole und richtet sie direkt auf meine Brust.

Also wurde sie aus geringer Entfernung angeschossen, abwärts und nach rechts gerichtet. Das Projektil könnte überall sein und so gut wie alles in Stücke gefetzt haben. Ein Gefühl blanker Hoffnungslosigkeit schwappt über mir zusammen. *Wenn* wir in einem Krankenhaus wären, *wenn* ich ein Operationsteam hätte, *wenn* mir eine sterile Umgebung, lebenserhaltende Maschinen und *Zeit* zur Verfügung stünden, dann hätte ich *vielleicht* eine Chance, Alexis zu retten. So jedoch, in einer gewöhnlichen Küche mit nichts von alledem …

»Hier, ich hab alles, was du wolltest.« Der Typ von vorhin kehrt zurück, und er trägt tatsächlich alles in den Armen, was ich verlangt habe. Er legt es auf dem Tisch neben Alexis ab, deren flache, schnelle, kaum merkliche Atmung sich zusätzlich beschleunigt hat, seit sie hereingebracht wurde. Ihr Körper ist in einem schweren Schockzustand. Und wenn ich es tue, wenn ich sie aufschneide, werde ich den Schock ungefähr zehnfach verschlimmern. Das könnte sie umbringen.

Die Alternative jedoch besteht darin, sie einfach auf diesem Küchentisch sterben zu lassen, und das erscheint mir unendlich schlimmer, als es zumindest zu versuchen.

»Naomi?« Zeths überlebensgroße Präsenz füllt den Türrahmen aus. Seine Züge sind völlig ausdruckslos, als er das Fiasko vor sich erfasst. Einige Leute in der Küche drehen sich um und sehen nach, wer der Neuankömmling ist, die anderen starren weiter auf Alexis. *Soph* hat der Mann sie genannt. Hier kennt man sie als Soph – die Frauen in dem anderen Haus haben neulich Abend eine Sophia erwähnt –, und allen scheint etwas an ihr zu liegen. »Was ist hier los?«, fragt Zeth. Seine Stimme ist wie ein Erdungsstab, seine Gegenwart übt eine seltsam beruhigende Wirkung auf mich aus. Meine Hände zittern nicht mehr ganz so heftig.

»Es müssen alle raus«, sage ich. Meine Stimme klingt planvoll und beherrscht. Das bin ich zwar nicht, aber zumindest höre ich mich so an.

Zeth nickt, und ich wende mich meiner Patientin zu, greife mir die Plastiktüte und das Klebeband. Ich zerreiße die Tüte mit den Zähnen und lege einen quadratischen Flicken über die Wunde in Alexis' Brust. Dann fixiere ich den Kunststoff, achte darauf, ihn mit dem Klebeband rundum abzudichten.

»Das ist sie, nicht wahr? Was hast du jetzt vor?« Mittlerweile ist Zeths Stimme die einzige im Raum. Während ich gearbeitet habe, ist mir nicht aufgefallen, dass alle anderen gegangen sind, aber ich bin dankbar für die Stille.

»Ja. Das ist sie.« Rasch schildere ich ihm, was mir die Blondine erzählt hat, während ich die Hände über den Mund halte, beobachte und warte. Ich zähle bis 20, dann lege ich eine Hand auf Lexis Brust und vergewissere mich, dass sie nach wie vor atmet.

»Sloane?«

»Ich muss herausfinden, ob ihre Lunge punktiert ist. Falls ja, wird Luft durch ihre Lunge austreten. Die Plastiktüte wird sich aufblähen, wenn die Luft die Wunde verlässt.« Weitere fünf Sekunden. Zehn. Alexis atmet noch, aber die Tüte bläht sich nicht auf.

»Ihre Lunge ist unversehrt«, verkünde ich und reiße sowohl das Plastik als auch das Klebeband von ihrer Haut. Schade, dass ich keinen ähnlichen Test durchführen kann, um zu bestimmen, ob ihr Herz gestreift worden ist. Die Tachykardie könnte ein Hinweis darauf sein, könnte aber auch lediglich bedeuten, dass sie in einem Schockzustand ist. Was definitiv zutrifft.

»Was jetzt?« Zeth gerät nicht in Panik. Seine Augen sind stet auf mich geheftet, konzentriert und aufmerksam.

»Jetzt muss ich versuchen, die Kugel zu finden.« Ich drücke auf Lexis Bauch und warte, ob ich eine Festigkeit spüre, die auf Peritonitis und somit auf eine innere Blutung irgendwo hinweist. Allerdings fühle ich sie nicht. Das bedeutet, ich kann mit der Pinzette einfach der Flugbahn des Projektils folgen, die mir beschrieben wurde, und wenn das Schicksal auf unserer Seite ist, finde ich hoffentlich die Kugel und muss meine Schwester nicht öffnen, um den Schaden visuell zu begutachten.

Zeth reagiert schnell und entschlossen, reicht mir, was ich brauche, wenn ich danach verlange. So ziemlich auf Anhieb stoße ich auf Probleme. Die Pinzette ist zu kurz – es handelt sich um ein Modell für die kosmetische Verwendung, das nur wenige Zentimeter in die Wunde reicht. Der Alkohol, den man mir zum Sterilisieren gebracht hat, ist verfluchter Schnaps. Ich muss Zeth losschicken, um etwas mit weniger Zucker und sonstigem Mist darin zu finden. Er kommt mit hochwertigem russischem Wodka zurück, und ich könnte ihn dafür küssen.

Aber dann verschlechtert sich Lexis Zustand weiter. Zu allem Überfluss kommt auch noch agonale Atmung dazu – schnappende, angestrengte Atemzüge, ein verzweifeltes Notsignal, das mir sagt, dass entweder ihr Herz massiv überanstrengt ist oder sie gerade ein Nieren- oder Leberversagen erleidet.

»Scheiße. Ich weiß nicht, was ich tun soll. Fuck!« Ich knicke ein. Ich kann das nicht, verdammt. Sie wird sterben. Jahrelang hat mich die Angst gequält, sie könnte tot sein, doch das war sie nicht. Und jetzt empfinde ich es als kolossale Ironie, dass sie vor meinen Augen im Sterben liegt und ich nicht das Geringste dagegen unternehmen kann.

Zeth nimmt mir die Pinzette aus der Hand, kommt um den Küchentisch herum und packt mich an den Schultern. »Sloane. Sloane, sieh mich an.«

Ich tue es nicht. Ich kann nicht. Stattdessen starre ich auf das leichenblasse Gesicht meiner kleinen Schwester und beobachte, wie der Tod die Klauen um ihre zierliche Gestalt schließt. Ich weiß, dass ich weine, aber ich kann die Tränen nicht fühlen. Ebenso wenig spüre ich meine abgehackte Atmung. Mein Körper gehört mir im Augenblick nicht. Er ist von einer Macht übernommen worden, die viel größer und stärker ist, als ich es bin: Kummer.

»Sloane!« Es klingelt in meinen Ohren, als mein Kopf zur Seite schnellt. Zeth schlägt mich so hart, dass ich Sternchen tänzeln sehe. Der Ausdruck in seinem Gesicht ist verkniffen und entschlossen. »Sloane, sie stirbt. Du musst nachdenken. Was musst du tun?« Er schüttelt mich heftig.

»Ich weiß nicht, welcher Teil von ihr innere Verletzungen hat. Es könnte ... es könnte ihr Herz sein. Aber es könnte auch die ... die Leber sein. Oder die Nieren. Ich *weiß* es nicht.«

»Okay, gut, dann müssen wir auf Logik setzen. Ihre Lippen verfärben sich blau. Was bedeutet das?«

»Hypoxie. Zu wenig Sauerstoff im Gehirn.«

»Und was verursacht das?«

»Ein Herzstillstand. Eine punktierte Lunge. Eine schwere Überlastung anderer Organe.« Alles Mögliche. Es könnte *alles Mögliche* sein.

»Es ist keine punktierte Lunge, das wissen wir ja bereits. Und die Flugbahn der Kugel in der Wunde führt nach unten, weg vom Herzen, also hat es wahrscheinlich auch keinen Schaden genommen. Könnte ein Herzstillstand von Schäden an der Leber und den Nieren ausgelöst werden?«

»Ja. Verursacht von zu starken Blutungen.«

»Okay. So oder so, wir müssen sie aufmachen, Sloane. Wir müssen herausfinden, welcher Teil von ihr blutet, und wir müssen die Blutung stoppen.« Er reicht mir das Messer, das der Typ für mich aufgetrieben hat – glücklicherweise handelt es sich um ein Skalpell. Obendrein um ein richtig scharfes. Ich habe keine Ahnung, wem es gehört oder warum es hier ist, aber es ist eine kleine Gnade. Wenn mir als einziges Instrument ein Gemüsemesser zur Verfügung stünde, würde ich hier und jetzt aufgeben.

»Du kannst das, Sloane. Du musst dich nur konzentrieren.«

Hektisch sehe ich mich im Raum um und überlege, was ich tun kann, um zu verhindern, dass ich meine Schwester aufschneiden muss. Es gibt nichts. Absolut keine Alternative. Zeth nimmt mein Gesicht in die Hände und hält mich fest, verhakt den steten Blick mit meinem. »Du *schaffst* das«, beteuert er.

Ich bin immer noch in Panik. Ich mache mir immer noch ins Hemd, aber die Überzeugung, mit der er es mir sagt, verleiht mir einen Hoffnungsschimmer. Ich *kann* es wirklich schaffen. Ich *muss.*

Das Geräusch eines abgehackten Atemzugs vom Tisch stählt meine Nerven. Alexis ist im Begriff zu sterben. Alexis ist verdammt noch mal im Begriff zu sterben, und ich werde das nicht zulassen. Nicht nachdem ich sie nach ihrer Entführung so kläglich im Stich gelassen habe. Schon damals hätte sie mich gebraucht, und ich konnte nichts tun. Aber jetzt *kann* ich etwas tun.

»Okay. Okay, gut. Ich bin bereit.«

Die nächsten Augenblicke laufen im Zeitraffer ab. Ich tränke meine Hände in dem Alkohol, dann drehe ich Alexis um, werfe einen letzten Blick auf ihren Rücken, um mich zu vergewissern, dass ich die Austrittswunde nicht übersehen habe.

»Heilige Scheiße!«, zischt Zeth.

Gut, dass ich es noch einmal überprüft habe. Seit wir sie hereingebracht haben, hat sich ein riesiger, dunkelvioletter Bluterguss auf ihrem gesamten Rücken entwickelt. Völliges Nierenversagen und definitiv eine innere Blutung. Im schwachen, gelblichen Licht von der Deckenleuchte in der Küche ist mir die Verfärbung ihrer Haut nicht aufgefallen, aber als ich sie flach hinlege und ihre Augen untersuche, ist der Ikterus deutlich zu sehen.

»Die Nieren«, sagt Zeth. Anscheinend ist er nicht gänzlich unbedarft, wenn es um die Funktionen des menschlichen Körpers geht. Ich nicke und verspüre einen kleinen Anflug von Erleichterung. Wenigstens weiß ich jetzt, wo ich schneiden sollte.

Ich setze den Schnitt, eine tiefe, ungefähr zehn Zentimeter lange Linie quer über ihren Bauchbereich auf der rechten Seite, und damit verändert sich alles. Das passiert immer, wenn ich operiere. Die Welt verschmälert sich und verblasst, und meine gesamte Aufmerksamkeit richtet sich auf das Gewebe unter meinen Fingerspitzen. Die Panik, die lähmende Angst, die hemmenden Zweifel – alles weicht zurück und lässt nur eine nüchterne, klinische Ruhe zurück.

Es dauert eine Weile, Lexis Bauchhöhle zu untersuchen. Eine Menge Blut ist darin, und ich habe kein Operationsteam, das absaugt oder tupft. Aber ich habe Zeth. Er bewegt sich mit einer Sicherheit, die mein Selbstvertrauen stärkt, und als er mit den zerrissenen Streifen eines Handtuchs Druck ausübt, um das Blut zu beseitigen, damit ich sehen kann, was ich tue, mache ich mir keine Sorgen, dass er weitere Schäden verursachen könnte. In einer anderen Welt, einer völlig anderen Realität hätte Zeth ein hervorragender Chirurg werden können. Er ist unerschütterlich. Nichts, wirklich nichts bringt ihn aus der Ruhe.

Bald fange ich an, Projektilsplitter zu finden. Die Erleichterung fühlt sich wie ein Schlag in den Magen an. Ich könnte buchstäblich weinen, als ich mit der Pinzette die kleinen, verheerend scharfkantigen Fragmente verbogenen Metalls aus dem Bauch meiner Schwester ziehe. Doch sobald mein Blick auf ihre rechte Niere fällt, verpufft die Erleichterung. Dort hole ich das größte Projektilfragment aus ihrem Körper. Es hat sich tief in die Überreste des völlig zerstörten Organs gegraben.

»Scheiße. *Scheiße.*«

Zeth legt die Hand über meine und heftet erneut jenen Blick von zuvor auf mich. Er sieht die Verheerung genauso deutlich wie ich, nur ist er nicht vor Angst wie gelähmt. »Sie atmet noch, Sloane. Sie hat noch einen Herzschlag. Und sie hat noch eine zweite Niere, richtig?«

»Richtig.« Aber so einfach ist das nicht. Das Entfernen einer Niere ist ein massiver Eingriff. Relativ häufig sterben Menschen dabei, und solche Operationen finden in Operationssälen statt, die dafür eingerichtet sind, Komplikationen zu bewältigen. Aber was habe ich schon für eine Wahl? Keine.

Also tue ich, was ich tun muss. Ich entferne das ruinierte Organ, vernähe die Wunde mit einer gewöhnlichen Nadel und mit Garn aus dem Nähzeug, danach brenne ich die Wunde aus. Anschließend gilt es, ihre Bauchhöhle zu säubern und sie wieder zuzunähen. Ich werfe einen Blick auf meine Vorräte, sehe darunter jedoch nicht das, was ich jetzt brauche.

Zeth beobachtet mit völlig ausdruckslosen Zügen, wie ich panisch suche. »Was ist? Was brauchst du?«

»Ich muss etwas finden, das ich für eine Bluttransfusion verwenden kann. Wir haben dieselbe Blutgruppe. Sie hat so viel verloren. Sie braucht Blut, wenn sie es in ein Krankenhaus schaffen soll.«

Zeth brummt dazu nur. »Es ist unwahrscheinlich, dass die Mexikaner dir erlauben, sie in ein Krankenhaus zu bringen, Sloane.«

Ich höre auf zu suchen und sehe ihn an. Das Herz schlägt mir bis in den Hals. »Warte. Was soll das heißen? Wovon zum Teufel redest du da?«

»Ich meine damit, dass deine Schwester angeschossen

worden ist. Krankenhäuser sind verpflichtet, Schussverletzungen der Polizei zu melden.«

»Ja, das ist mir durchaus bewusst, Zeth. Ich arbeite in einem verfluchten Krankenhaus.«

»Richtig. Und niemand von den Leuten hier will diese Art von Aufmerksamkeit. Wenn deine Schwester redet, stürzen sich die Bullen in null Komma nichts auf diesen Ort hier. Das wird Julio niemals zulassen. Die werden wollen, dass sie sich hier erholt. Falls sie eine Infektion bekommt ...«

»ES GIBT IN DER FRAGE KEIN *FALLS*, ZETH!« Ich ergreife das Erstbeste, was meine Hand zu fassen bekommt – den Wodka –, und schleudere es an die Wand. Die schwere Glasflasche zerbirst in tausend Scherben, die in alle Richtungen fallen. Zeth zuckt mit keiner Wimper. Nach allem, was ich gerade getan habe ... Nach allem, was ich gerade mit Alexis improvisieren musste ... »Es gibt kein *Falls*. Nur ein *Wenn*. Sie braucht verdammt starke Antibiotika, ganz zu schweigen von Schmerzmedikamenten und einer *verfluchten Bluttransfusion,* wenn die Hoffnung bestehen soll, dass sie überlebt! Wahrscheinlich muss sie noch mal geöffnet werden, um den Scheißjob zu korrigieren, mit dem ich gerade *eines ihrer Organe herausgesäbelt habe!*« Ich bedecke mit den Händen das Gesicht und versuche, zu Atem zu gelangen. Vergeblich. »Und was das Vermeiden der Aufmerksamkeit der Polizei angeht, ich denke, dafür ist es ohnehin zu spät.«

Zeth kommt zu mir und legt mir die Hände auf die Schultern. »Wie meinst du das?«

»Sie wurde mit einer Glock 22 angeschossen. Kaliber 40. Du weißt, wer solche Waffen benutzt, oder? Ich bin sogar überzeugt davon. Wahrscheinlich sind in der

Vergangenheit schon ein paar davon auf dich gerichtet gewesen.« Ich schiebe ihn von mir und fahre mir mit den Händen durch die Haare. Zeth verengt die Augen und starrt auf mich herab.

»Ja. Bullen«, antwortet er.

»Nicht nur die Polizei. Das *FBI* benutzt die Glock .22. Die *DEA* benutzt die Glock .22. Ich habe diese Waffe schon an der Hüfte fast jedes Agenten gesehen, der durch die Türen des Krankenhauses gekommen ist. Wenn auf deine Freunde diese Art von Aufmerksamkeit bereits gerichtet ist und wenn Bundesagenten *auf Menschen schießen,* dann suchen sie vermutlich längst nach Julio und diesen verdammten Bikern, die aus dem Nichts angerollt sind.«

»Da hast du völlig recht, Schätzchen.«

Die Stimme erschreckt Zeth beinah so sehr wie mich. Allerdings reagieren wir darauf äußerst unterschiedlich. Ich zucke vor der Quelle der Stimme – einem kleinen, breiten Kerl, der an der offenen Tür steht – zurück, wohingegen Zeth seine Pistole zieht.

Was den Fremden nicht zu stören scheint. Langsam betritt er den Raum. »Die Bullen suchen *wirklich* nach uns«, bestätigt er. Der Mann späht an mir vorbei zu Lexis Körper, der nach wie vor ausgestreckt in einer Lache ihres eigenen Blutes auf dem Tisch liegt. »Lebt sie noch?«

Das Herz schlägt mir bis in den Hals. Wer zum Henker ist dieser Kerl? Wie lange steht er schon da? Und was in Dreiteufelsnamen hat er gehört?

Zeth sieht aus, als würde er ihm gleich ins Gesicht schießen. Ich trete einen Schritt vor, bewege mich zwischen die beiden – *ein* Opfer mit einer Schussverletzung in dieser Küche reicht für den heutigen Tag. »Ja. Gerade so. Sie muss ordentlich medizinisch versorgt werden. Kennst du sie?«

Der Kerl zuckt mit den Schultern und lehnt sich an die Wand. Er muss Ende 20, Anfang 30 sein, hat schmutzig blondes Haar und ist offensichtlich keiner von Julios Leuten. Also muss er zu dem Motorradclub gehören. Was sich bestätigt, als er weiter in den Raum kommt und sich an Alexis' Seite stellt, denn ich sehe das riesige, auf den Rücken seiner Jacke gestickte Emblem. *Widow Maker.* Das auf das Leder genähte Symbol zeigt eine Frau, die mit geneigtem Haupt weint. Sieht wie eine Grunge-Version der Madonna aus. »Ja, ich kenne sie ziemlich gut«, sagt er schließlich. »Sollte ich wohl auch. Immerhin ist sie die Frau vom Boss.«

ZWÖLF

Zeth

Alexis Romera ist also mit dem Präsidenten der Widow Makers zusammen. Diese Information kommt zugegebenermaßen mehr als überraschend, andererseits … sollte mich eigentlich nichts mehr überraschen.

Carnie, der Typ, der Sloane mit dieser Neuigkeit beinah einen Herzinfarkt beschert hat, teilt uns mit, dass uns Julio in seinem Arbeitszimmer erwartet. Draußen vor der Küche lehnt ein Dutzend Leute an den Wänden und sitzt auf dem Boden. Alle sind blass und wirken angespannt. Eine große Blondine steuert schnurstracks auf Sloane zu und packt sie an den Ellenbogen.

»Geht es ihr gut? Scheiße, sie ist tot, oder? Sie ist tot, verdammt!«

Sloane befreit sich aus dem Griff der Frau und führt sie zur Küchentür. »Sie ist nicht tot. Setz dich zu ihr und gib mir sofort Bescheid, falls sich ihre Atmung verändert. Und überprüf alle paar Minuten ihren Puls.«

Die Blondine betritt die Küche und schnappt hörbar nach Luft, als sie all das Blut sieht. Carnie eskortiert uns durch die Gänge. Er vermittelt mir den Eindruck, dass ihm Julio aufgetragen hat, er soll dafür sorgen, dass wir kommen, falls nötig mit physischem Nachdruck. Den Gedanken finde ich ziemlich unterhaltsam. Ich würde zu gern sehen, wie der Pisser versucht, mich gegen meinen

Willen von der Stelle zu bewegen. Und wenn er Sloane auch nur anrührt …

»Da rein.« Carnie deutet mit dem Kopf in Julios Arbeitszimmer. Auf der anderen Seite der Tür warten Julio, Michael und Cade. Sie sitzen betreten um einen großen, polierten Eichenholztisch.

Cade und ich sind vorhin zwar kaum zum Reden gekommen, bevor die Hölle losgebrochen ist, aber er hatte noch Zeit, mir zu sagen, dass er Rebel als Freund betrachtet. Und dass er schon sein Leben lang bei den Widow Makers ist. Ich habe keine Ahnung, was ich davon halten soll. Ich hatte immer gedacht, Cade und ich wären auf derselben Wellenlänge, doch diese Enthüllung stellt das Konzept völlig auf den Kopf.

»Kommt doch zu uns«, lädt uns Julio ein und deutet auf die leeren Stühle am Tisch. Es sind drei, je einer für Sloane und mich sowie ein zusätzlicher. »Wie ich höre, haben Sie einen ziemlich ereignisreichen Vormittag hinter sich, Miss Hawthorne«, meint Julio. Er legt die Hände aneinander und durchbohrt Sloane mit einem arktischen Blick.

»Das können Sie laut sagen«, erwidert Sloane. Sie sieht wie eine Gestalt aus einem verfluchten Horrorstreifen aus. Blut ist überall an ihren Händen und Armen, auch im Gesicht hat sie etliche Spritzer. Genau wie auf dem Shirt und in den Haaren. Die knappe, nüchterne Antwort, die sie Julio zurückschleudert, verschleiert nicht, wie unbeeindruckt sie seine aalglatte Bemerkung lässt. »Wir müssen bald los. Um das Opfer ins Krankenhaus zu bringen.«

»Oh, das denke ich nicht, Miss Hawthorne. Sophia ist eine starke junge Frau. Sie wird durchkommen.«

Ich hatte recht. Natürlich wusste ich, dass er das sagen

würde, aber vermutlich hatte ich gehofft … Ich bemerke den Ausdruck rasender Wut in Cades Gesicht, und der Anblick schneidet mir die Gedanken ab. Er ist so sauer, dass die Zornesröte langsam seinen Hals hinaufkriecht.

»Die Frau *wird* ins Krankenhaus gebracht, Julio.«

Der aufgeblähte Mexikaner legt den Kopf schief und lächelt Cade verhalten an. »Sie sind nur ein Sprachrohr, Señor Preston. Bitte vergessen Sie nicht, dass Sie ein Gast in meinem Haus sind, ja?«

»Ich mag ein Gast sein, aber Rebel ist unterwegs. Was, meinst du, wird er wohl sagen, wenn er eintrifft und seine Frau tot ist?«

Also ist Rebel noch nicht hier. Aber unterwegs … was gut sein könnte. Auch Sloane erkennt die Gelegenheit und packt sie am Schopf.

»Wenn wir sofort aufbrechen, können wir sie zu einer Privatklinik in San Bernardino bringen. Ich kenne dort jemanden. Wenn ich darum bitte, wird man sie nicht melden.«

Julio legt die Hände auf den Tisch und überlegt einen Augenblick. Als er aufschaut, spricht eine so eiskalte Bösartigkeit aus seinen Augen, dass sich mir der Eindruck aufdrängt, es ist ihm scheißegal, was Rebel mit ihm macht, wenn er ankommt.

Aber ich irre mich – der Blick hat nichts mit Rebel zu tun. Der Blick gilt allein mir. »Du hast mich belogen, *ese*. Ich hatte heute Morgen eine überaus erhellende Unterhaltung mit einem Bekannten von dir.« Julio nickt Teo zu, der auf das Zeichen seines Meisters reagiert und ein Blatt Papier zum Tisch bringt. Er legt es vor Julio.

»Und er hat mir ein paar äußerst interessante Dinge über dich erzählt. Weißt du, ich dachte die ganze Zeit, du wärst hier, um für Charlie zu spionieren. Ich hätte nicht damit gerechnet, dass du herkommen würdest, um etwas zu stehlen, das mir gehört.«

Julio schiebt das Blatt Papier über den Tisch zu mir, und ich weiß, dass es diesmal keinen Sinn hat, ihn zu verarschen. Rick, den ich in Anaheim gelassen habe, wo er sich nach Informationen über die DEA-Schlampe umhören sollte, die gegen Charlie ermittelt, ist auf dem Foto an einen Stuhl gefesselt. Der verschwommene Umriss eines Mannes, der nur halb zu sehen ist, bearbeitet ihn mit einem Montiereisen. Ich schiebe das Foto zurück zu Julio und ziehe die Augenbrauen hoch.

Scheiße. Scheiße, Kacke, Dreck. Ich muss gestehen, es juckt mich nicht wirklich, dass Rick aufgemischt worden ist, nur bedeutet das, es ist vorbei. Der gesamte Plan ist damit im Arsch. »Hast mich erwischt.« Ich hebe die Hände. »Ich wollte mir wirklich eine deiner Frauen holen. Sie liegt gerade in deiner Küche im Sterben, also kannst du sie mich ebenso gut mitnehmen lassen. Ich nehme dir das ganze Chaos ab.«

»Du nimmst einen Scheißdreck mit, *ese.*« Julio nickt Teo erneut zu.

Der Handlanger baut sich hinter mir auf, die Knarre locker in der Hand. Ich male mir aus, wie Julio ihm in Kürze befehlen wird, mir das Hirn durch den Hinterkopf wegzupusten. Ich muss gestehen, Teo mit einer Schusswaffe hinter mir zu haben fühlt sich wesentlich weniger erregend an, als es mit Sloane der Fall war.

Julio fährt fort: »Sophia ist nicht mein Chaos. Rebel hat sie mir vor Jahren abgekauft, und seither steckt sie immer wieder ihre Nase hier rein und stachelt meine Mädchen auf. Wenn sie stirbt, dann deshalb, weil sie eine neugierige

Schlampe ist, die sich in Dinge einmischt, die sie nichts angehen. Du hingegen wirst hier mit deiner hübschen kleinen Muschi warten, bis Charlie eintrifft. Ich überlasse es ihm, sich um euch zu kümmern. Er scheint mir in der Hinsicht hoch motiviert zu sein. Besonders sauer schien er zu sein, als ich ihm ein Foto von deinem Kumpel geschickt habe.«

Er deutet auf das Bild von Rick. Na perfekt. Höchstwahrscheinlich hatte Charlie ohnehin genug Zeit, um zwei und zwei zusammenzuzählen, aber den physischen Beweis zu sehen, dass Rick noch lebt und atmet, nachdem er Charlie an die Wreckers verraten hat … Der Alte wird vor Wut außer sich sein.

Michael hat während all dem mit derselben schicksalsergebenen Lässigkeit dagesessen, die er immer an den Tag legt, wenn er beobachtet, wie sich etwas Entsetzliches abspielt. Allerdings lasse ich mich von dem Eindruck nicht täuschen. Er gleicht einer Viper, keiner Klapperschlange. Bei ihm gibt es keine Vorwarnung.

Er steht auf und zieht beiläufig ein Wurfmesser unter dem Bund seiner Hose hervor. Julio glotzt zu ihm hoch, das Gesicht zu einer zornigen, finsteren Miene verzogen.

»Setz dich wieder hin, *hijo*. Das geht dich nichts an.«

Michael schert sich nicht um seinen Rat. Er dreht das Messer herum und treibt es blitzschnell durch Julios Hand, nagelt sie am Tisch fest.

»Verfickte Scheiße! Teo, bring den Drecksack um!« Julios Aufschrei ist laut genug, um das gesamte Haus aufzuscheuchen. Vielleicht ist Teo zu verblüfft von Michaels schier selbstmörderischer Aktion, jedenfalls verschafft mir Teos kurzes Zögern genug Zeit, um herumzuwirbeln, ihm das M16 zu entwinden und ihm gleichzeitig mit voller

Wucht in den Kehlkopf zu schlagen. Er plumpst wie ein Sack Mehl zu Boden, kann nicht atmen. Wird er angesichts der Kraft, die ich in den Schlag gelegt habe, auch nie wieder.

Sloane kreischt und springt auf die Beine, und mittlerweile scheinen alle zu schreien.

Julio veranstaltet genug Krach, um Tote aufzuwecken. Gleich werden 15 wutentbrannte Wachleute in dieses Zimmer stürmen. Ich werfe Michael einen unzufriedenen Blick zu. »Echt clever, Mann.«

Michael stützt sich am Tisch ab und reißt das Messer mit einem Ruck aus Julios Hand, bevor er die Klinge stattdessen an Julios Kehle ansetzt. Der fette Mexikaner hört zu schreien auf und erstarrt.

Als wollte Michael ihm für die Stille danken, tätschelt er ihm freundlich den Arm. »Du hast nicht gehört, was er gesagt hat, bevor du reingekommen bist, Boss. Er wollte dir von Andreas den Schwanz abschneiden lassen. Zumindest glaube ich, dass er das gesagt hat. Es war auf Spanisch.«

Cade nickt. »Ja. Das war so ziemlich die Quintessenz davon.« Er steht auf und wirft einen Blick auf Teo, der immer noch regungslos und stumm auf dem Boden liegt.

Sloane hingegen sieht nicht den Mann zu ihren Füßen an, sondern mich. Sie hat Tränen in den Augen. »Musstest du das wirklich tun?«

Ich sehe sie mit verengten Augen an. »Warum denkst du nicht darüber nach und entscheidest selbst?« Das muss sie tun. Sie muss selbst entscheiden. Ich drehe mich Michael zu. »Wir müssen schleunigst weg von hier.«

»Richtig. Was ist mit ihm?«

»Glaubt ihr Drecksäcke wirklich, dass ihr mit der Scheiße davonkommt?« Julios Haut ist hochrot angelaufen.

Speichel spritzt überallhin, als er uns anbrüllt. »Ihr habt gerade euer Todesurteil unterschrieben!«

»He, Michael, wie viele Male kann ein Mensch sterben?«, frage ich und stapfe auf die beiden zu.

»Nur einmal, Boss.«

»Ja, das ist richtig. Nur einmal.« Ich nehme das Wurfmesser entgegen, das mir Michael anbietet, und halte es vor Julios Gesicht. »Meinen Tod hat sich bereits Charlie reserviert, Arschgesicht. Also scheinst du in der Hinsicht ein klein wenig überflüssig zu sein. Und jetzt …« Ich fahre mit dem Messer seitlich an Julios Gesicht hinab und beobachte, wie sich in der Klinge die geweiteten Augen seiner von Grauen erfüllten Visage spiegeln. »Wir sind beide große Hunde, Julio, weißt du noch? Du siehst dich selbst in mir. Wir stammen beide aus der Scheiße, wie du mich unlängst so hilfreich erinnert hast. Also stell dir die Frage, wenn wir uns schon so ähnlich sind: Was würdest *du* tun, wenn du jetzt an meiner Stelle wärst?« Ich bücke mich, stütze die Hände an den Knien ab und bedenke ihn mit einem nachdenklichen Schulterzucken.

»Du kannst mich nicht umbringen, *puta*. Das wagst du nicht!«

Ich schaue auf und stelle fest, dass Cade mittlerweile neben Michael hinter Julio in Position gegangen ist. Er hat einen grimmigen Ausdruck im Gesicht, aber er nickt mir knapp zu – *ich steh hinter dir, Bruder*.

»O mein Gott. O mein Gott, o mein Gott, o mein Gott, das kann nicht wirklich passieren.«

Sloane ist hinter mir weiß wie ein Bettlaken geworden. Sie sieht aus, als könnte sie sich jeden Moment übergeben. Sie will nicht zu mir schauen. Stattdessen kehrt sie mir den Rücken zu und presst die Stirn an die Wand, atmet in flachen, schnellen Zügen und hält sich mit den Händen die Ohren zu.

Julio grinst, als ich mich wieder ihm zudrehe. »Und ich bin unbewaffnet, Zeth. Willst du deiner Frau zeigen, was für ein Killer du bist, indem du mir die Kehle aufschlitzt, hm?«

Ich schnelle nach vorn, bis sich mein Gesicht unmittelbar vor seinem befindet. »*Ja.*«

Dann stoße ich mit dem Messer zu.

Aber der Stahl berührt kein Fleisch.

Julio pisst sich bereits in die Hose, als ich Cade ein Zeichen gebe – *bring es zu Ende*. Der Widow Maker dreht seine Pistole herum und lässt den Griff auf Julios Hinterkopf niedersausen, schlägt ihn sauber bewusstlos.

Ich verspüre ein wenig zu viel Befriedigung, als ich sehe, wie der Drecksack in seiner eigenen Pisse ohnmächtig vor mir sitzt. »Los. Er wird nicht ewig weggetreten sein.«

Sloanes gemurmelte Flüche verstummen, als sie sich langsam umdreht. »Du hast ihn nicht umgebracht?«

Ich lege einen Arm um ihre Taille und führe sie mit Nachdruck aus dem Raum. »Julio Perez ist ein bösartiger Mistkerl, Sloane, aber in einem Punkt hatte er recht: Ich töte keinen Unbewaffneten.«

Es wird schlagartig klar, warum Julios Wachen beim Geschrei ihres Bosses nicht angerannt gekommen sind: Sie haben ihn nicht gehört. Die Motoren unzähliger Mercedes, Lamborghinis und Harleys übertönen alles bis auf das lauteste Geschrei auf dem vorderen Hof, als die Leute unter orangefarbenen Staubwolken aus der Wüste für die Zusammenkunft des heutigen Abends eintreffen.

Alexis ist ein kaltes, schlaffes Gewicht in meinen Armen. Erst wollte die Blondine sie uns nicht aus der Küche mitnehmen lassen, doch ein paar scharfe Worte von Sloane haben die Schlampe in die Schranken gewiesen.

Wir verbringen ganze 30 Sekunden ungeschützt auf offenem Gelände, als wir nach meinem Wagen suchen. Michael sichtet ihn abseits geparkt, bedeckt vom Staub der Wüste von vier Tagen. Ich lege Alexis auf dem Rücksitz ab, und Sloane steigt zu ihr ein, bettet sich den Kopf ihrer Schwester auf den Schoß.

Dann eile ich zur Fahrerseite, während Michael vorne rechts einsteigt. Cade steht am Fenster, lässt den Blick über die Menschenmenge wandern, sucht nach einem Weg hinaus. »Du musst schnell machen, Bro. Ich rufe Julios Jungs ins Haus, danach folgen wir euch.«

Ich starte den Motor, lasse ihn wie verrückt aufheulen. Wir sind bereit zum Aufbruch. Cade streckt mir die Knöchel einer Hand entgegen, und wir klatschen mit der Gettofaust ab. Er will gerade los in die Villa, als ein schriller Schrei all den Lärm übertönt und Alaska herausgestürmt kommt.

Die Motoren verwässern ihr hysterisches Gebrüll, aber einer der Wachleute versteht sie dennoch und gibt den anderen Zeichen. Mit gezückten Waffen rennen sie hinein.

»Hau jetzt besser ab, Mann. Wir schließen zu euch auf.« Cade klopft auf die Seite des Wagens, bevor er selbst in die Villa läuft. Wir kommen seiner Empfehlung nach und sehen zu, dass wir Land gewinnen.

DREIZEHN

Sloane

Es dauert drei Stunden, das Krankenhaus in San Jacinto zu erreichen – von der Privatklinik in San Bernardino weiß Julio ja jetzt, also mussten wir ausweichen. Und ich glaube, Alexis ist während der Fahrt insgesamt siebenmal gestorben. Ihr Puls ist kaum noch vorhanden, schwach, unregelmäßig, flach, und ich fühle mich wie betäubt. Im Auto herrscht bedrückendes Schweigen, während Zeth fährt, und ich versuche zu vergessen, wo ich bin. Ich versuche, *alles* zu vergessen, was sich ereignet hat, seit ich heute Morgen aufgewacht bin.

Draußen ist es pechschwarz, als wir vor das Krankenhaus rollen, und allein der Anblick des Ortes lässt mich in Tränen ausbrechen. Davor parkt ein Krankenwagen, und durch jedes einzelne Fenster scheint Licht heraus, verspricht Hilfe, verspricht Rettung. Der Gesamteindruck überwältigt mich. Wir haben sie hergebracht. Irgendwie hat sie es so weit geschafft.

Zeth holt sie vom Rücksitz, und wir rennen hinein. Michael bleibt beim Auto. Michael bringt den Wagen weg. Ich weiß nicht, was aus Michael wird. Mich interessiert nur Alexis.

Die diensthabende Krankenschwester am Empfang lässt ihren Stift fallen, als sie uns erblickt. Wir müssen wie etwas aus der Hölle aussehen, verdreckt von Blut und

Staub, mit einer halb toten jungen Frau zwischen uns. Bevor die Schwester den Anblick verarbeiten kann, leiere ich Angaben zu Lexis Zustand herunter.

»Schussverletzung im Bauchbereich. Schwere Nierenschädigung, hämodynamisch instabil, tachykard und hypertensiv. Sie muss sofort in einen OP!«

Die Krankenschwester reagiert schnell und schickt einen Notruf an alle verfügbaren Mitarbeiter raus. Fast sofort treffen ein Operationsteam und zwei Ärzte ein und nehmen Alexis ohne einen Blick zurück zu mir und Zeth mit.

Die Krankenschwester jedoch bleibt und löchert mich mit Fragen. Was ist mit der Patientin passiert? In welcher Beziehung stehe ich zu ihr? Welche Behandlung hat sie erhalten? Allergien? Anordnung zum Verzicht auf Wiederbelebung? Ich beantworte alles durch einen Dunstschleier der Erschöpfung und mit einem Adrenalinpegel im Blut, der sich mittlerweile toxisch anfühlt.

Danach gibt es nur noch Zeth und mich. Allein. Im Wartezimmer eines Krankenhauses.

»Sloane?«

Ich kann mich nicht dazu überwinden, ihn anzusehen. Stattdessen breche ich in Tränen aus. Ich lasse ihn die Arme um mich legen und heule mir Gott weiß wie lange die Augen aus dem Kopf, fühle mich mit jedem verstreichenden Moment schwächer und schwächer. Die Wahrscheinlichkeit, dass Lexi es schaffen wird, ist so gering, ich kann sie mir nicht mal ausrechnen. Und was in der Anlage passiert ist … Zeth hat Teo getötet …

»Sloane, sie schafft das. Es wird alles gut.«

»Wie kannst du das sagen?« Ich schiebe ihn weg, wische mir die Tränen aus den Augen. »Wie?«

Zeth ist genauso gefasst, wie er es während des gesamten albtraumhaften Tags gewesen ist. Er streckt die Hand aus und streicht mir die Haare aus dem Gesicht, bevor er den Kopf schüttelt. »Weil sie deine Schwester ist, zorniges Mädchen. Wenn sie nur halb so stark ist, wie du es bist, wird sie wieder gesund.«

Ich kann nicht glauben, dass er das denkt. Mit zittrigen Beinen stehe ich auf, laufe hin und her, die Arme um den Körper geschlungen. »Ich hab gezögert. Es hat zu lange gedauert. Wahrscheinlich stirbt sie jetzt. Hätte ich schneller gehandelt …« Ich atme tief ein, kämpfe gegen die Tränen an.

Wie viele Male habe ich Assistenzärzten gepredigt, dass man nicht zögern darf? *Wie viele Male?* Und in dem Moment, in dem ich selbst am konzentriertesten hätte sein müssen, bin ich erstarrt. Lexi hat mich gebraucht, und ich war wie gelähmt. Meine Gliedmaßen fühlen sich knochenlos an und ich fürchte, ich könnte jeden Moment zusammenbrechen. Zeth kommt zu mir und stellt sich hinter mich, legt die Arme um mich, als wüsste er, dass ich im Augenblick einfach stehen muss.

»Du warst tapfer. Du warst verdammt stark. Du hast getan, was getan werden musste.« Seine Stimme ist so tief. Sie grollt durch seinen Brustkorb und vibriert an meinem Rücken.

Ich muss es mir eingestehen – ich hatte in der Villa Angst vor ihm, als er Teo so wild angegriffen hat. Eine Heidenangst. Aber seine Worte sind in meinem Kopf wieder und wieder abgelaufen, seit ich ihn gefragt habe, ob er es tun musste, und so krank es klingen mag, ich verstehe, warum er mir geantwortet hat, das müsse ich selbst entscheiden.

Zwischen all der Panik und den Gedanken daran, dass meine Schwester sterben könnte, bin ich das Szenario wieder und wieder durchgegangen. Ich habe es tausendmal ablaufen lassen, alles beobachtet und mir jedes erdenkliche Ergebnis ausgemalt: dass Zeth nicht handelt und Teo auf Michael schießt; dass sich Zeth die Zeit nimmt, Teo zu entwaffnen, und dabei selbst von ihm erschossen wird; dass Zeth ihn auf verschiedenste andere Weise angreift. Das Ergebnis ist jedes Mal dasselbe: Jemand stirbt.

Wahrscheinlich bin ich ein entsetzlich schlechter Mensch, aber ich bin zu dem Schluss gelangt, dass Zeth … dass er das Richtige getan hat. Und weil er mich diese Erkenntnis selbst hat gewinnen lassen, weiß ich, dass es die Wahrheit ist. Ein Schuldiger würde seine Unschuld beteuern, bis ihm die Luft ausgeht. Er würde behaupten, dass alles ein Unfall war. Dass es jemand anders war. Dass er keine andere Wahl hatte. Zu dem Zeitpunkt hätte ich es nicht akzeptiert, wenn mir Zeth gesagt hätte, dass er es tun *musste*. Ich hätte bloß Angst gehabt. Und ich habe immer noch Angst … aber nicht vor ihm.

Behutsam lege ich die Hände über seine, die er auf meinem Bauch ineinander verschränkt hat, und ich lasse den Kopf an seine Brust zurücksinken. Er stützt mich. Er stützt mich jetzt, und er hat mich in Julio Perez' Küche gestützt, als ich es am meisten gebraucht habe.

Er war derjenige, der mir durch den Albtraum geholfen hat.

»Du hast auch getan, was getan werden musste«, flüstere ich. »Das weiß ich inzwischen.« Ich muss nicht erklären, wovon ich rede. Zeth weiß es, und sein tiefes Ausatmen verrät mir: Er hat darauf gewartet, dass ich darüber zu einem Urteil gelange. Er hat darauf gewartet, seit wir Julios Anlage verlassen haben.

»Danke«, murmelt er.

Ich schüttle den Kopf und verschließe die Augen vor dem Brennen meiner Tränenkanäle. »Nein. Ich danke *dir.*«

Wer immer er sein mag, dieser Mann, der mich so behutsam festhält: Er hat getötet, um mich zu beschützen, und er hat mir geholfen, meine Schwester zu retten, wenn vielleicht auch nur für kurze Zeit.

Allein damit, dass er bei mir in diesem Krankenhaus bleibt, handelt er gegen all seine Instinkte, denn er weiß, was für Fragen man uns noch stellen wird. Und er tut das alles für mich. Er kann sich hinter der Gewalt seiner Vergangenheit verstecken, so viel er will, doch ich erkenne allmählich sein wahres Ich. Ich erkenne allmählich das Gute in ihm, das er um jeden Preis so verzweifelt zu verbergen versucht.

Eine lange Weile stehen wir beisammen, ohne zu sprechen. Wir warten einfach, und Zeth stützt mich mit seinem Körper, atmet mir zart ins Ohr.

Erst zwei Stunden später sucht uns eine Ärztin auf. Eine junge Frau, eine Fachärztin wie ich. Sie hat denselben unverbindlichen Gesichtsausdruck wie ich, wenn ich schlechte Neuigkeiten überbringe. Bei ihrem Anblick fühlt sich meine Kehle wie zugeschnürt an, und die Beine knicken letztlich unter mir ein.

»Miss Romera? Sie sind Alexis' Schwester, richtig?«

Ich nicke, bringe kein Wort heraus.

»Alexis ist jetzt auf der Intensivstation. Wir mussten zwei langsame Blutungen in ihrem Bauchbereich und an ihrem Dünndarm stoppen, aber wir scheinen alles geschafft zu haben. Wir haben getan, was wir können. Es besteht zwar ein beträchtliches Infektionsrisiko vom ersten Mal, als sie geöffnet wurde, aber wir sind zuversichtlich, Miss Romera. Wenn Alexis die Nacht übersteht, haben wir eine gute Chance, dass sie durchkommt.«

Eine gute Chance. Diese Worte nehmen Ärzte nicht leichtfertig in den Mund. Ich selbst habe sie noch nie ausgesprochen – ich habe die Gefahr, dass sich jemandes Zustand verschlechtern könnte und mir die Worte in den Rücken fallen könnten, immer als zu groß empfunden. Diese Frau ist sich entweder zu 100 Prozent sicher, dass meine Schwester überleben wird, und will sich absichern, oder sie ist grob fahrlässig. Ich bete, dass sie sich absichern will.

Zeth

Wir schlafen beide nicht.

Wir essen beide nicht.

Wir sitzen nur beisammen und warten mit angehaltenem Atem auf die Morgendämmerung. *Wenn Alexis die Nacht übersteht, haben wir eine gute Chance, dass sie durchkommt.* Als die Sonne aufgeht und wir keine schlechten Neuigkeiten erhalten haben, verliert Sloane schließlich den Kampf gegen die Erschöpfung. Sie döst auf den ungemütlichen Krankenhausstühlen ein und schläft wie eine Tote.

Um zehn kommt die Krankenschwester zurück und teilt uns mit, dass sich Alexis' Werte allmählich verbessern. Sie ist zwar noch ohne Bewusstsein, doch man hofft, dass sie irgendwann in den nächsten Stunden aufwacht. Allerdings muss ich mich als Sloanes Ehemann ausgeben, damit mir die Schwester überhaupt etwas erzählt, ohne Sloane zu wecken, und das fühlt sich verdammt eigenartig an.

Gegen Mittag taucht Cade auf, und ich erblicke ihn durch die Glasscheibe des Angehörigenraums. Er sieht mich, sieht Sloane nach wie vor schlafen und winkt mich zu sich.

»Mann, wir haben überall nach euch gesucht. Das ist das sechste Krankenhaus, in dem wir es versuchen, bevor wir draußen deinen Mann gesehen haben.«

Also hat Michael auf uns gewartet. Ein gottverdammter Held. »Seid ihr problemlos von Julios Anlage weggekommen?«

Cade reibt sich den Nacken. »Wir hatten schon eine etwas brenzlige Situation, wenn man so will. Aber keiner der Jungs ist ernsthaft verletzt worden.« Als er über die Schulter zurückschaut, spannt er den Körper an. Drei Männer nähern sich mit schnellen Schritten den Gang herunter, und der vorderste sieht aus, als wäre er bereit, jemanden zu töten. »O Scheiße. Ich hab gesagt, ich würde vorausgehen und zuerst mit dir reden.«

Ich rühre mich nicht von der Stelle, wappne mich, bin bereit, die Fäuste zum Einsatz zu bringen, falls es sein muss. Nach allem, was passiert ist, könnte mir kaum gleichgültiger sein, dass wir uns in einem Krankenhaus befinden.

Tatsächlich hätte ich nichts gegen die Gelegenheit, jemandes Gesicht zu Brei zu verarbeiten.

Der Typ, der vor mir erscheint, ist ein Monster, und seine Hände sind wund und bereits blutig. Anscheinend hat er schon ohne mich einen Kampf begonnen. Er sieht Cade an und fragt: »Ist er das?«

Cade nickt. »Ja, das ist Zeth.« Mit einem beklommenen Ausdruck im Gesicht dreht er sich wieder mir zu. »Und das ist …«

»Oh, ich weiß, wer das ist«, falle ich ihm ins Wort. »Du bist Rebel.«

Der Mann nickt. Er wirkt angespannter als eine verfluchte Bogensehne. Er ballt an der Seite die Hand zur Faust, holt tief Luft und sagt: »Danke, Mann. Danke, dass du meiner Ehefrau geholfen hast.«

VIERZEHN

Sloane

Meine Schwester ist verheiratet.

Eine ganze Reihe von Gedanken rattert durch meinen Kopf, als ich es erfahre. Und der vordringlichste ist: *Wie um alles in der Welt ist das möglich? Nein.*

Meine Schwester wurde entführt. *Entführt.* Und dann, fast drei Jahre später, taucht sie verheiratet auf?

Ein beträchtlicher Teil meines Gehirns geht davon aus, dass sie zu dieser Ehe gezwungen wurde. Der restliche Teil malt sich brutale, qualvolle Möglichkeiten aus, diesen Rebel umzubringen, ohne für Mord verhaftet zu werden. Ich bin Ärztin. Ich habe Zugang zu verschiedensten Substanzen, die in den richtigen Überdosierungen irreparable Schäden am menschlichen Körper anrichten. Oder zumindest fällt mir ein bestimmter Gegenstand aus Zeths Tasche ein, der die Situation halbwegs befriedigend lösen könnte. Rebel mit einer Desert Eagle zu erschießen, könnte zwar nicht den bereits angerichteten Schaden rückgängig machen, aber es würde Lexi von künftigen Qualen erlösen.

Allerdings kommen meine Mordpläne unvermittelt zum Stillstand, als ich den Mann kennenlerne. Er hat es für besser gehalten, das Krankenhaus zu verlassen, nachdem er erfahren hatte, dass Lexi noch bewusstlos war, aber er kehrt einige Stunden später zurück, als wir gerade auf die Erlaubnis warten, zu ihr zu gehen.

Cade wirkt genauso angespannt, wie ich es bin. Ich kann nur davon ausgehen, dass er sich darum sorgt, was Lexi sagen könnte, wenn ich die Gelegenheit erhalte, mit ihr zu reden, bevor Rebel sie einschüchtern kann. Seine Nervenanspannung scheint sich zu steigern, als ein großer, dunkelhaariger Mann mit tätowierten Armen den Korridor entlang auf uns zusteuert. Zeth lehnt an der Wand mir gegenüber, die Arme vor der Brust verschränkt, die Augen fest auf mich gerichtet, während ich beobachte, wie sich der Neuankömmling nähert.

Cade reibt sich die Hände an den Oberschenkeln und saugt einen tiefen Luftzug ein. »Er hat die anderen Jungs draußen gelassen, Püppchen. Halt dich bei ihm einfach zurück, okay?«, warnt er mich.

»Mich zurückhalten? Ich werd ihm die verfluchten Eier abreißen.«

Zeths Mund verzieht sich zum fiesesten Lächeln, das man sich nur vorstellen kann.

Cade hingegen wirkt weniger belustigt. »Wenn du das tust, wird Soph stinksauer sein.«

»Der Name meiner Schwester ist Alexis. Und dieser Mistkerl hat ihr wahrscheinlich das Gehirn gewaschen. Nicht wahr, du Arsch?«

Der Mann, der vor mir eintrifft, stutzt verdattert. Seine Augenbrauen schießen hinauf zur Stirn. Am ärgerlichsten finde ich – abgesehen davon, dass er auf herbe, abgerissene Weise unverschämt gut aussieht –, dass er die Unverfrorenheit besitzt, schockiert über meine Anschuldigung zu wirken. Er schleudert mir einen irritierten Blick zu. »Wovon zum Teufel redest du da?«

»Ich rede davon, dass du meine Schwester gezwungen hast … gezwungen hast, *Gott weiß was* gegen ihren Willen zu tun. Dir ist schon klar, dass eine Eheschließung nur legal ist, wenn sie von einem Staatsbeamten beaufsichtigt wurde, oder?«

Rebel kocht regelrecht. »Zunächst mal liegst du falsch. Carnie hat sich die Zulassung online geholt; er hat uns zu Hause in New Mexico verheiratet, und wir haben den Papierkram eingereicht. Wird von jedem Gericht in Amerika anerkannt. Und zweitens: Was zum Henker meinst du? Soph hat gesagt, du habest uns deinen uneingeschränkten Segen gegeben. Außerdem hat sie gesagt, du seist eine aufstrebende Ärztin und zu verdammt beschäftigt, um zur Hochzeit deiner eigenen Schwester zu kommen.«

Ich schüttle den Kopf und presse die Augen zu. »Du bist ein verfickter Lügner.«

Zeth schnaubt, und in seinen Augen funkelt eine unerhörte Belustigung. Am liebsten würde ich ihm ins Gesicht schlagen. »Was ist? Hältst du das für *komisch,* verdammte Scheiße noch mal?«

Er zuckt mit den Schultern und stößt sich von der Wand ab. »Überhaupt nicht. Ich hab dich bloß noch nie so wüst fluchen gehört. Noch nicht mal über *mich.*«

Wenn er meine Ausdrucksweise jetzt schon für schlimm hält, sollte er mich in einen Raum mit diesem Penner sperren und sich anhören, was ich ihm zu sagen habe, wenn keine unschuldigen Umstehenden dabei sind.

Rebel ergreift wieder das Wort. »Ich lüge nicht. Ich sage die Wahrheit. Auch wenn ich mich dir gegenüber nicht rechtfertigen muss, *Doktor Romera.*«

»Wie meinst du das?«

»Was?«

»*Doktor Romera.* Du sprichst es aus, als hättest du etwas Widerliches im Mund.«

»Ach, nichts weiter. Ich kapier bloß nicht, warum du schon so verflucht lange nicht mehr mit deiner Schwester redest. Weißt du, sie hätte dich gebraucht. Und wo warst du, hm? Dein verfickter Job ist dir zu wichtig gewesen. Waren dir deine verdammten Patienten zu wichtig, um sie nur ein einziges gottverdammtes Wochenende allein zu lassen?« Er wird wütend. Dabei läuft er nicht rot an wie die meisten Menschen, wenn der Zorn sie überkommt. Stattdessen wird er kalkweiß, wodurch seine kalten blauen Augen noch frostiger wirken.

Unwillkürlich schnappe ich nach Luft. Ich kann nicht glauben, was ich höre. Er muss unter Wahnvorstellungen leiden, dass er *mir* Vorwürfe macht. Der Typ hat den verfluchten Verstand verloren. »Du brauchst eindeutig Medikamente.« Ich ramme ihm den Finger in die Brust und hoffe, es tut ihm genauso weh wie meinem verdammten Finger. »Meine Schwester ist aus ihrem Zuhause und von ihrer liebevollen Familie *entführt* worden, und du hast sie von einem *verfickten Zuhälter gekauft!* Wie eine verfluchte Ware! Dir steht kein Urteil darüber zu, wie viel mir an meiner Schwester liegt. Seit sie verschwunden ist, habe ich jeden verdammten Tag nach ihr gesucht!« Das Piken mit dem Finger reicht mir nicht mehr. Ich ramme ihm die Handflächen gegen die Brust, stoße ihn, so hart ich kann.

Ich bekomme nicht einmal mit, wie weit Rebel – *Wer zum Teufel nennt sich schon Rebel?* – zurückwankt. Ein fester Muskelstrang schließt sich um meine Taille, und plötzlich befinden sich meine Füße gute zehn Zentimeter über dem Boden. Zeths Stimme ertönt an meinem Ohr, dunkel, tief und hypnotisch.

»Sachte, zorniges Mädchen. Schraub die Wut zurück.«

Ich setze mich gegen ihn zur Wehr, doch es erweist sich als sinnlos. Die Arme dieses Mannes bestehen aus gehärtetem Stahl. »Na schön. Okay. Es geht mir gut. Gottverdammt noch mal!« Ich muss wohl echt wütend sein. Obwohl ich nicht mehr an die Kirche glaube, stecken in mir immer noch die jahrelangen Vorträge meines Vaters gegen Gotteslästerung. Ich glaube, ich war zwölf, als ich den Namen des Herrn zuletzt in einer Verwünschung missbraucht habe.

Zeth stellt mich wieder ab, wenngleich er unmittelbar hinter mir bleibt und zweifellos bereit ist, mich bei Bedarf erneut zu packen.

Ich versuche, die rote Schicht, die sich über alles gelegt hat, wegzublinzeln. Zu meiner Enttäuschung sitzt Rebel nicht einen Meter entfernt auf dem Hintern. Er steht mit einem skeptischen Ausdruck im Gesicht noch genau dort, wo ich ihn hingestoßen habe. »Also hat dir Soph nicht Bescheid gegeben, dass es ihr gut geht?«

»Nein! Wahrscheinlich weil es ihr eben *nicht* gut gegangen ist!«

»Mir hat sie gesagt, dass du nichts mehr mit ihr zu tun haben willst.«

»Ich … das …« Das ergibt nicht den geringsten Sinn. Ich will ihm vorwerfen, dass er lügt, aber der Ausdruck in seinem Gesicht … Im Gegensatz zu Zeth ist Rebel kein Meister darin, seine Emotionen zu verbergen. Oder vielleicht liegt es daran, dass ich sehr gut darin geworden bin, in Menschen zu lesen, weil ich bei Zeth ständig so wenige Anhaltspunkte habe. Wie dem auch sein mag, ich glaube … ich glaube, er sagt tatsächlich die Wahrheit.

Hinter Rebels Schulter sehe ich, wie eine Krankenschwester zielstrebig auf uns zusteuert. Ihre Haut hat die

Farbe von Honig, zwei Schattierungen heller als die von Michael, und sie erinnert mich an eine alte Lehrerin, die ich an der High School hatte, Mrs. Whitson. Die Frau hat sich damals von niemandem etwas gefallen lassen. Und der missbilligende Gesichtsausdruck dieser Krankenschwester entspricht haargenau dem von Mrs. Whitson.

»Was ist hier los? Wir haben Beschwerden von kummervollen Angehörigen sehr kranker Patienten, dass in den Gängen gestritten wird.«

»Es tut mir leid, ich …« Weiter komme ich nicht, denn es tut mir in Wirklichkeit nicht leid. Ich will diesen Kerl immer noch umbringen.

Die Krankenschwester bedenkt mich mit einem Blick, der besagt: *Miststück, den Satz solltest du besser zu Ende sprechen.* Dann jedoch geht Cade dazwischen. Seine Lederjacke knarrt, als er die Arme vor der Brust verschränkt.

»Darf Sophia jetzt Besucher empfangen?«

Die Schwester wirft ihm einen vernichtenden Blick zu, bevor sie ihn über unsere Gruppe schweifen lässt. Sie achtet darauf, ihn auf jeden Einzelnen von uns gleich lang zu richten. »Ich bringe mit Sicherheit keine Horde rücksichtsloser Störenfriede ins Zimmer einer kranken Patientin. Schon komisch, aber das war das Erste, was man uns in der Krankenpflegeschule beigebracht hat.«

Ich hebe beschwichtigend die Hände, denn ich weiß, in diesem Krankenhaus könnte diese Frau ebenso gut Gott sein. Es ist genau wie im St. Peter's: Wenn man es sich dort mit Gracie verscherzt, kommt man nirgendwohin. »Hören Sie, es tut mir leid, ja? Ich mache mir bloß Sorgen um meine Schwester. Wenn Sie mich nur zu ihr lassen könnten …«

Da hebt auch Rebel eine Hand. »Und ich mache mir offensichtlich Sorgen um *meine Frau*. Ich finde, ich sollte als Erster zu ihr, um sie wissen zu lassen, dass …«

»Ruhe. Sie können beide zu ihr rein. Zusammen. Die Patientin soll selbst entscheiden, wen sie rausschmeißt. Und Sie beide«, fügt die Schwester hinzu und zeigt mit einem gebieterischen Finger auf Zeth und Cade. »Sie beide warten hier.«

Zeth und Cade tun, was ihnen gesagt wird, und warten im Gang. Rebel und ich folgen der Krankenschwester den Korridor hinunter und in einen Aufzug, fahren angespannt schweigend drei Etagen nach oben und betreten anschließend die Intensivstation.

Eigentlich sollte ich mich hier wie zu Hause fühlen – die Mehrheit meiner Traumapatienten beginnt oder beendet ihre Behandlung auf einer solchen Station. Aber ich fühle mich nicht wie zu Hause. Stattdessen ist mir schlecht. Der Geruch von Desinfektionsmittel und der Chor der hinter verschlossenen Türen piependen Lebenserhaltungsmaschinen entfachen in mir ein Maß an Panik, wie ich es erst ein einziges Mal erlebt habe – gestern in Julio Perez' Küche.

Die Schwester führt uns zu einem Zimmer und öffnet die Tür. Bevor sie verschwindet, bedenkt sie sowohl Rebel als auch mich mit einem eindeutig warnenden Blick. Rebel tritt vor mir ein und bedeckt mit der Hand den Mund.

Alexis liegt in Laken gehüllt im Krankenhausbett. Gott sei Dank ist sie nicht an lebenserhaltende Maschinen angeschlossen, trotzdem sieht sie schlecht aus. Ihr Gesicht ist blass und abgehärmt, ihre Augen sind blutunterlaufen. Aber am wichtigsten ist: Ihre Augen sind *offen*. Sie erblickt uns in dem Moment, in dem wir das Zimmer betreten, und ihr Mund klappt auf. »O mein Gott«, flüstert sie. »Sloane?«

Schlagartig werde ich wieder stinkwütend. Ich habe mir diesen Augenblick Hunderte Male vorgestellt. Tausende Male. Und in keiner meiner Vorstellungen von Alexis' und meiner Wiedervereinigung hat sie *entsetzt* dreingeschaut. Immer überwältigt, außer sich vor Euphorie, weinend vor Freude.

Stattdessen krallt sie die Finger so krampfhaft in die Decke über ihrem Körper, dass die Knöchel weiß hervortreten. Sie schluckt, schaut von mir zu Rebel und wieder zurück. »Was machst du hier, Sloane?«

»Was ich hier mache? Was zum Teufel ich hier …?« Ich kann nicht. Ich kann nicht mal …

Rebel, eine hoch aufragende Säule aus Muskelmasse und Tätowierungen, geht um das Bett herum, setzt sich auf die Kante und ergreift ihre Hand. »Geht's dir gut?«, fragt er leise.

Alexis' Blick schnellt zu ihm. Sie nickt. Es ist die roboterhafte Bewegung einer Frau, der die Worte fehlen.

»Gut. Ich bin so froh, dass du über den Berg bist«, sagt er vorsichtig. »Schatz, weißt du noch, wie wir geheiratet haben? Du hast damals gesagt, es sei der perfekte Tag, wenn nur deine Schwester dabei sein könnte. Also, was das angeht …«

Alexis versucht, die Hand zurückzuziehen, aber Rebel hält sie fest, liebevoll, aber bestimmt. »Es tut mir leid, Baby«, entschuldigt sie sich. »Ich … ich …« Tränen treten ihr in die Augen. Alexis konnte schon immer Krokodilstränen heraufbeschwören, um ihren Willen durchzusetzen, doch diesmal erscheinen sie mir echt. Sie zittert. »Ich schwöre, ich wollte dich nicht belügen. Und ich schwöre, ich werde dir alles erzählen. Aber … kann ich nur einen Moment mit ihr haben?«

Mit *ihr?* Alexis bemerkt, wie finster meine Stimmung wird, und mildert ihre Worte ab. »Ich brauche einen Moment mit meiner Schwester.«

Rebel brummt, steht auf und küsst sie auf den Kopf. »Nimm dich in Acht«, warnt er sie. »*Doktor Romera* wird handgreiflich, wenn man sie provoziert.«

Damit verlässt er das Zimmer und zwinkert mir auf dem Weg nach draußen zu. Ich denke an Zeth und überlege, wie er auf so etwas reagieren würde – wahrscheinlich würde er den Kopf des Kerls durch das Beobachtungsfenster rammen. Wenn ich nur Zeths Körpermasse hätte …

»Du kannst aufhören, ihn so anzusehen.«

Alexis' Stimme klingt ein wenig kräftiger, aber immer noch erschüttert. »Wie zum Teufel soll ich ihn denn ansehen, Lex? Soll ich meinen Schwager, den Menschenhändler, herzlich umarmen?«

»Ja. Nein, warte. Er ist nicht … er ist nicht, was du denkst, Sloane.«

Ich kann meinen Ohren kaum glauben. Er *hat* ihr das Gehirn gewaschen. Sie hat das Stockholm-Syndrom oder so. »Also bist du nicht vor dem College entführt worden? Und dieser Typ hat dich nicht gezwungen, ihn zu heiraten?«

Alexis seufzt, dann fährt sie sich mit den Händen übers Gesicht. Schließlich lösen sich die Tränen. »Ja, ich bin entführt worden. Aber nicht von ihm. Er hat mir geholfen«, schildert sie mir zwischen den Fingern hindurch. Als sie die Hände sinken lässt, wirkt ihre Kieferpartie verbissen. »Und er hat mich nicht gezwungen, ihn zu heiraten, Sloane. Das musst du mir glauben.«

»Wieso um alles in der Welt hast du dann den Boss einer Bikergang geheiratet? Denn ich hab gerade echt Mühe, das alles zu verstehen.«

Alexis schnieft und wischt sich die Tränen von den Wangen. »Ich hab ihn geheiratet, weil er meine andere Hälfte ist, Sloane. Meine leicht brummbärige, etwas beängstigende, aber zutiefst wundervolle andere Hälfte. Ich hab ihn geheiratet, weil *ich ihn liebe.*«

Das ist alles viel zu viel für mich, um es zu verarbeiten. Also ist es wahr.

Sie hat Rebel erzählt, mir liege nichts an ihr und dass ich mir nicht die Mühe machen wolle, zu ihrer Hochzeit zu kommen. Ich muss erfahren, warum.

Doch im Augenblick verspüre ich das dringendere Verlangen, von hier zu verschwinden. Nach all den Sorgen, all den Albträumen darüber, dass meine arme kleine Schwester benutzt und missbraucht wird, erweist sie sich als rundum glücklich. Und verheiratet. *Verheiratet,* verdammt noch mal. Ich kann nicht atmen. Ich brauche Zeit zum Nachdenken.

Zeit, um das alles richtig zu verarbeiten.

Also wende ich mich ab und gehe, schaue nicht zurück.

Ich schaffe es bis ins Erdgeschoss, wo wir zuvor gewartet haben …

»He, Sloane!«

Das kommt von ihm, von dem tätowierten Mistkerl, der mir durch den Korridor folgt. Mit schnellen Schritten versuche ich, ihm davonzulaufen, aber er packt mich am Arm. Ich wirble herum, bin bereit, ihn zu schlagen, aber er lässt mich los und hebt beschwichtigend die Hände.

»Sei nicht wütend auf sie, Schätzchen. Sie hat die Hölle durchgemacht.«

»Und warst du es, der sie die Hölle hat durchmachen lassen?«

Er spannt die Kiefermuskulatur an und verengt die Augen – es ist mir zuvor nicht aufgefallen, aber sie sind so blau, dass sie wie Eissplitter wirken. *»Nein.«*

»Wie zum Teufel ist sie dann bei dir gelandet?«

»Das ist vielleicht etwas, das lieber sie dir erzählen sollte. Aber ich glaube, du hast wahrscheinlich eine recht gute Ahnung, wie es abgelaufen ist.« Mit einem irritierenden Grinsen im Gesicht zieht Rebel seine Lederjacke an und deutet mit dem Kopf den Flur hinunter.

In Zeths Richtung.

Zeth beobachtet uns. Seine Silhouette erinnert an einen imposanten Monolithen. Er wirkt wie aus Stein gemeißelt. Rebels Grinsen wird noch breiter. »Immerhin scheint ihr bei Männern denselben Geschmack zu haben, Süße. Ihr mögt uns düster und gefährlich.«

http://calliehart.com

Callie Hart ist die US-Bestsellerautorin der BLOOD & ROSES-Serie, die zurzeit in mehrere Sprachen übersetzt wird. Nachdem sie sieben Jahre in Australien gelebt hat, wohnt Callie nun in Los Angeles. Sie wandert gerne, verbringt viel Zeit am Strand und besucht oft Yoga-Kurse.
»Dark Romance lässt dich den Antihelden lieben und deinen Geisteszustand infrage stellen, weil dein moralischer Kompass verrücktspielt. Wenn du gute Geschichten über sehr böse Jungs liebst, dann ist Dark Romance genau das Richtige für dich.«

Bei Festa sind neben den Serien DIRTY NASTY FREAKS und BLOOD & ROSES weitere Veröffentlichungen geplant.

DIE DOLLAR-REIHE

LESEPROBE

PROLOG

Jasmin

Freiheit.

Was für ein einfaches Wort.

Wer sie hatte, für den war sie von ziemlich geringer Bedeutung. Aber für diejenigen, auf die das nicht zutraf, war sie das wertvollste Versprechen von allen.

Ich nehme an, ich hatte Glück, überhaupt zu wissen, wie sich Freiheit anfühlte.

Ich war 18 Jahre lang frei. Ich konnte lernen, was ich wollte, mich anfreunden, mit wem ich wollte, und mit Jungs flirten, die meinen hohen Ansprüchen gerecht wurden.

Ich war ein ganz normales Mädchen mit Idealen und Träumen, dem die Gesellschaft eingeredet hatte, nichts könne ihm etwas anhaben. Dass ich eine hervorragende Karriere anstreben solle und nichts mich aufhalten könne. Regeln würden mich schützen, die Polizei würde die Monster fernhalten, während ich unschuldig und naiv gegenüber der Finsternis der Welt bleiben dürfe.

Freiheit.

Ich hatte sie.

Und dann verlor ich sie.

Ermordet, wiederbelebt und verkauft.

So viele Jahre lang lebte ich ohne sie.

Bis zu dem Tag, an dem *er* meinen Käfig betrat.

Er, mit den schwarzen Augen und einer noch dunkleren Seele.

Der Mann, der meinen Besitzer herausforderte.
Und meine Gefangenschaft auf einen völlig neuen Pfad lenkte.

KAPITEL 1

Tasmin

LIEBES TAGEBUCH!

Nein, das klang nicht richtig. Viel zu unbekümmert für meine Geschichte.

Liebes Universum!

Vergiss es. Zu großspurig.

An die Person, die das liest.

Zu vage.

An die Person, von der ich mir wünsche, dass sie mir hilft.

Dafür würde ich Ärger bekommen. Und ich wollte nicht schwach klingen. Nicht wenn diese Worte alles waren, wodurch sich ein Fremder an mich erinnern würde.

An …

Ich tippte mir mit dem zerbrochenen Bleistift gegen die Schläfe und versuchte, mich zu konzentrieren. Seit Wochen war ich nun schon eingesperrt. Wie ein Tier im Zoo, das sich an seinen neuen Käfig gewöhnen sollte. Man hatte mich gefüttert, gewaschen und sich um meine

Verletzungen gekümmert, die ich von meiner groben Ankunft davongetragen hatte. Es gab für mich ein Bett mit Bettwäsche, eine funktionierende Toilette und eine Dusche mit einer Flasche Shampoo. Ich hatte alles Nötige, was ein menschliches oder nicht menschliches Wesen zum Leben benötigte.

Aber ich lebte nicht.

Ich starb.

Man konnte es mir nur nicht ansehen.

Moment … ich hab's.

In diesem Augenblick fiel mir der perfekte Empfänger für meinen traurigen Brief ein. Diese Anrede war das Einzige, was in dieser falschen, so furchtbar falschen neuen Welt stimmte.

An Niemand.

Als ich diese zwei Worte vor mir sah, erfasste mich die Flut der Erinnerungen. Mit der linken Hand hielt ich zitternd das Toilettenpapier fest, während die rechte darüber flog und meine Vergangenheit herausströmen ließ.

ICH WAR 18, als ich gestorben bin.

An diesen Tag erinnere ich mich besser als an jeden anderen meines kurzen Lebens. Ich weiß, du verdrehst jetzt die Augen und sagst, das ist ja auch erst drei Wochen her. Aber glaube mir, ich werde es nie vergessen. Man sagt, bestimmte Ereignisse brennen sich auf ewig in deinen Geist. Ich hatte nie das Gefühl, so etwas schon erlebt zu haben. Bis jetzt. Weißt du, Niemand, vermutlich hättest du mich eine verzogene Göre genannt. Manche würden vielleicht sogar sagen, dass ich das hier verdient habe. Nein, das ist nicht wahr. So etwas könnte man nicht mal seinem schlimmsten

Feind wünschen. Traurige Tatsache ist, nur du weißt, dass ich nicht tot bin. Ich lebe, hocke in dieser Zelle und warte darauf, verkauft zu werden. Man hat mir wehgetan, mich berührt, mich auf jede erdenkliche Weise misshandelt, außer Vergewaltigung. Und man hat mir alles genommen, was ich mal gewesen bin.

Und meine Mutter? Für die bin ich tot. Gestorben. Wer weiß, ob sie jemals erfahren wird, was wirklich mit mir geschehen ist.

Mein Bleistift bewegte sich nicht mehr. Ich holte schwer Luft, zitterte heftig, als ich erneut durchlebte, was mir widerfahren war.

Mein Wille weiterzuatmen war verschwunden. Es hatte eine Weile gedauert, bis man mich gebrochen hatte, aber es war ihnen gelungen. Und jetzt, nachdem sie ihr Ziel erreicht hatten, war ich nicht mehr als eine Fracht, die darauf wartete, dass sie sich mit ihrer Transaktion die Taschen füllten.

Tagelang war ich allein mit meinen chaotischen Gedanken, schrecklichen Erinnerungen und der überwältigenden Angst vor dem, was mich erwarten würde. Aber das war, bevor ich den zerbissenen, zerbrochenen Bleistift unter meinem Bett gefunden hatte.

Diese Entdeckung war besser als Essen oder Freiheit gewesen; aus dem einzigen Grund, dass meine Händler diese Dinge kontrollierten. Ich hatte keinen Einfluss darauf, wann das Frühstück oder das Abendessen kam, und genauso wenig konnte ich verhindern, dass man mich an den Höchstbietenden verkaufen würde.

Ich hatte keine Kontrolle darüber, dass ich allein in dieses winzige Zimmer gesperrt war, das mal ein Hotelzimmer war, bevor man das Gebäude für geschmacklosere

Unterbringungen erworben hatte. Die Handtücher waren zerschlissen und trugen ein zehn Jahre altes Emblem, die Teppiche waren mit Wirbeln aus Gold und Bronze durchzogen, was mir verriet, dass die Inneneinrichtung seit den 70ern nicht mehr erneuert worden war.

Hatte der Bleistift so lange unter meinem Bett gelegen? Stammten die Bissspuren von einem ungeduldigen Kleinkind, das darauf gewartet hatte, dass seine Eltern endlich fertig wurden, um die neue Stadt zu erkunden? Oder hatte ihn ein Zimmermädchen verloren, als es auf dem Bett gestärkte weiße Laken mit militärischer Genauigkeit glatt gestrichen hatte?

Ich würde das nie herausfinden.

Aber da ich sonst nichts zu tun hatte, stellte ich mir gerne Dinge vor. Ich verbrachte meine schmerzhaft langweiligen Tage damit, jeden noch so kleinen Winkel meines Gefängnisses zu erforschen. Man hatte meinen Willen gebrochen, meinen Widerstand fortgespült, aber meinen entschlossenen Drang konnte man mir nicht nehmen. Den Instinkt, über den jeder verfügte – oder zumindest *dachte* ich, dass ihn jeder hätte.

Ich war schon so lange allein, dass ich keine Ahnung hatte, was die anderen Mädchen, die man mit mir zusammen hergebracht hatte, jetzt taten. Lagen sie ausgestreckt auf dem Bett und erwarteten ihre Zukunft? Kauerten sie sich in einer Ecke zusammen und flehten ihre Väter herbei, um diesen Albtraum zu beenden? Oder akzeptierten sie ihn, weil das einfacher war, als sich zu wehren?

Und ich? Ich strich mit meinen wund geriebenen Fingerspitzen über jede Wand, jeden Riss, jeden gestrichenen und verriegelten Fensterrahmen. Ich kroch auf Händen und Knien, suchte nach etwas, das mir helfen könnte. Dabei wusste ich nicht, ob ich eine Waffe suchte, mit der ich mir meinen Weg hier raus erkämpfen könnte, oder etwas, womit ich meinem Leid ein Ende setzen würde, bevor es wirklich begann.

Ich hatte Tage gebraucht, um jeden Quadratzentimeter abzusuchen. Aber alles, was ich fand, war der Bleistiftstummel. Ein Geschenk. Ein Schatz. Die Spitze war fast bis auf das Holz abgerieben, und bald würde ich einen Weg finden müssen, meinen wertvollen Besitz wieder anzuspitzen, aber diesen Gedanken hob ich mir für später auf. So wie ich alle anderen Sorgen wegzuschieben gelernt hatte. Darin war ich mittlerweile Meister.

Was ich nicht gefunden hatte, war Papier. Nicht in den Schubladen des abgenutzten Schreibtischs oder in der Kommode, auf der der kaputte Fernseher stand. Nur Toilettenpapier. Und der Bleistift war davon nicht besonders begeistert. Das Papier riss häufiger, als dass er seine silbrig grauen Linien darauf hinterließ.

Trotzdem war ich dazu entschlossen, irgendwas zurückzulassen. Etwas von mir, das mir diese Dreckskerle nicht genommen hatten und auch nie nehmen könnten.

Ich holte noch einmal tief Luft, schob meine aktuelle Lage beiseite und packte den Bleistift fester. Ein Blick zur Tür versicherte mir, dass ich allein war. Ich zog das Stück Toilettenpapier glatt und schrieb weiter.

Ich wünschte, ich könnte sagen, ein Monster hätte mich getötet. Dass ein schrecklicher Unfall schuld war. Und das kann ich sogar … bis zu einem gewissen Punkt.

Allerdings liegt der wahre Grund dafür, dass ich tot und kurz davor bin, als neues Spielzeug verkauft zu werden, darin, wie ich aufgewachsen bin.

Die Gelassenheit und das Selbstbewusstsein, die mir meine Mutter eingehämmert hatte? Sie haben mir keine schillernde Karriere oder einen gut aussehenden Ehemann eingebracht. Es hat Leute genervt. Ich wirkte überheblich, besserwisserisch und eitel.

Es hat mich zum Ziel gemacht.

Ich weiß nicht, ob irgendjemand außer dir, Niemand, diesen Zettel jemals finden wird, aber ich hoffe, man wird vergessen, was ich jetzt zugebe. Ich bin das Einzelkind einer alleinerziehenden Mutter. Ich liebe meine Mutter. Das tue ich wirklich.

Aber wenn ich das, was mich erwartet, irgendwie überlebe und wie ein Wunder meine Freiheit zurückbekomme, werde ich an das Folgende denken, wenn ich im Fegefeuer Rede und Antwort stehen muss.

Ich liebe meine Mutter, und ich hasse sie.

Ich vermisse meine Mutter, aber ich will sie nie wiedersehen.

Ich habe meiner Mutter gehorcht, aber ich werde sie bis in alle Ewigkeit verfluchen.

Sie ist die Einzige, der ich die Schuld geben kann.

Diejenige, die dafür verantwortlich ist, dass ich nichts weiter als eine Hure sein werde.

KAPITEL 2

Tasmin

Zwei Tage vergingen.

In der Welt, aus der man mich gerissen hatte, waren zwei Tage nichts. Zweimal Weckerklingeln, zwei Vorlesungen an der Universität, zwei Abende, an denen man mit Freunden telefonierte, und zwei Nächte wundervoll sicheren Schlafs in der Illusion, dass einem niemand etwas antun könnte.

Aber in dieser neuen Welt?

Zwei Tage reichten aus, um mir juckende Stellen einzubilden, die ich kratzen konnte, nur um etwas zu spüren. Zwei Tage bedeuteten, dass ich meinen Bleistift abgerieben hatte und vorsichtig das Holz abschälte, um die Mine freizulegen, damit ich mich mit irgendetwas beschäftigen konnte.

Zwei Tage bedeuteten, dass ich weiter an meinem Toilettenpapierroman schrieb, während ich nicht einmal wusste, ob mein kurzer Aufenthalt im Limbus nach Ablauf von 48 Stunden vorbei sein würde.

Die Verhandlungen waren vorbei.

Mein Verkaufsdatum war festgelegt.

Sie kamen am Abend, zur Essenszeit. Anstatt wie sonst durch ein Loch in der Wand ungewürzten Reis oder wässrigen Eintopf zu mir hereinzuschieben, wurde die Tür geöffnet.

Die Tür *öffnete* sich!

Zum ersten Mal seit Wochen.

Ich war so einsam gewesen, dass ich auf der Suche nach Gesellschaft mein immer bleicher werdendes Gesicht im schmutzigen Spiegel angestarrt hatte. Die Aussicht auf Besuch ließ mein Herz einen Satz machen. Als man mich verschleppte, besaß mein Körper die weichen Rundungen einer Jugendlichen, kecke Brüste und einen runden Bauch. Mein braunes Haar war lockig und in einem kräftigen Schokoladenton gefärbt gewesen, da meine Mutter darauf bestanden hatte, dass ich mich schick machen lasse, um bei einer ihrer Wohltätigkeitsveranstaltungen so vorzeigbar wie möglich auszusehen.

Genau die Veranstaltung, von der man mich geraubt hatte.

Davor hatte ich nur an Oberflächlichkeiten gedacht, mir Gedanken darüber gemacht, wie ich meinen Babyspeck loswürde und mein Make-up wie die Models auf YouTube hinbekäme. Trotz meines peniblen Äußeren war ich intelligent und hatte gerade ein Psychologiestudium an einer namhaften Universität begonnen – genau wie meine Mutter es wollte. Ich sollte in ihre Fußstapfen treten. Sie hatte mein ganzes Leben bereits geplant.

Jetzt waren meine Erscheinung und meine Gedanken die einer völlig anderen. Ich war keine Jugendliche mehr, sondern eine Frau. Meine Haare hatten wieder ihr dunkles Sirupbraun. Dank der unregelmäßigen, kalorienarmen Ernährung waren meine Rundungen wie weggeschmolzen.

Ich vermute, in Freiheit wäre ich damit sehr zufrieden gewesen. Schließlich hatte ich nun, was ich immer wollte. Ich war schlanker und machte mir keine Gedanken mehr übers Haarefärben oder über Mode. Aber stattdessen hasste ich meine Verwandlung, denn sie war ein weiteres Glied in der sprichwörtlichen Kette um meinen Hals.

»Komm.« Der Mann schnippte mit den Fingern. Eigentlich hätte es erleichternd sein sollen, einen anderen Menschen zu sehen. Irgendwas in mir verlangte nach Gesellschaft – selbst wenn sie den Untergang verhieß. Aber ich konnte weder Augen noch Mund oder Nase erkennen. Er war wie ein Geist, eine Karikatur, die sich hinter dieser schwarz-weißen venezianischen Maske eines Narren mit Tränen auf der Wange versteckte. Waren die Tränen meinetwegen? Oder waren sie nur Spott?

Ich trat einen Schritt auf ihn zu, hasste die Gehorsamkeit, die man mir während meiner ersten Tage der Gefangenschaft eingeprügelt hatte. Die blauen Flecken waren verblasst, anders als die Lektionen.

Dann jedoch stoppte ich, sah zu den Fetzen Toilettenpapier zurück.

Zu den Briefen, die meine Geschichte erzählten.

Eine Geschichte, die eine völlig neue Richtung erhalten würde, sobald ich dieses Zimmer verließ.

Ich besaß nichts mehr von Wert. Die Lumpen an mir gehörten nicht mir, sie stammten von den unzähligen Frauen, die man vor mir verschachert hatte. Die Kissen, auf denen ich mich in den Schlaf geweint hatte, gehörten nicht mir. Nicht einmal mein Leben gehörte noch mir. Das Verlangen, meine dahingeschmierten Gedanken zu behalten, war Unsinn, aber ich konnte nicht noch ein Stück von mir zurücklassen.

Wenn ich mich dieser neuen Herausforderung schon stellen musste, dann würde ich es mit meiner Vergangenheit tun, zusammengeknüllt in meiner Faust, und sie wie einen Talisman bei mir tragen, der mich daran erinnerte: Wenn ich trotz alldem noch atmen konnte, konnte ich es auch aufschreiben, und wenn ich es aufschrieb, konnte ich mich davon befreien.

»Jetzt, Mädchen!« Der Mann stapfte in das Zimmer, seine riesige Gestalt strahlte Gewalt aus.

Bevor er mich packen konnte, rannte ich zu dem Schreibtisch zurück, schnappte mir die dünnen Stücke meines Lebens. Ich klammerte mich daran, ging geduckt um ihn herum und verschwand durch die Tür.

Durch die Tür!

Ich bin nicht mehr im Zimmer.

Die Vertrautheit meines Gefängnisses war Vergangenheit, während ich barfuß durch den Flur ging, der mit demselben gold- und bronzefarbenen Teppich ausgelegt war. Hinter mir dröhnten die schweren Schritte meines Kerkermeisters.

Er packte mich nicht, genauso wenig zwang er mich dazu, langsamer zu gehen. Er wusste so gut wie ich, dass es keinen Ausweg gab. Auf der Fahrt hierher hatten sie mir die Augen verbunden, aber innerhalb des Gebäudes verzichteten sie darauf.

Während wir wie in einem normalen Hotel an geschlossenen Zimmertüren vorbeigingen, zwang ich mich, aufrecht zu gehen und mich gegen das zu wappnen, was mich erwartete.

Du kannst das hier überstehen.

Sie wollten mich lebendig, nicht tot.

Aus irgendeinem Grund bot dieser Gedanke nicht den erwarteten Trost … er sorgte eher dafür, dass ich noch mehr Angst bekam.

»In den Aufzug. Wir fahren runter«, donnerte die Stimme des Mannes durch die klaustrophobische Enge des Flurs.

Ich bog nach links in das offene Foyer ab und näherte mich zwei silbernen Türpaaren. Als ich den Rufknopf drückte, verfluchte ich das leichte Zittern meiner Hand.

Sofort ertönte das Klingeln und die Türhälften teilten sich, luden mich ein, in den schäbigen, verspiegelten Raum dahinter zu treten.

Ich wollte mein Spiegelbild nicht ansehen, also ging ich hinein und drehte mich sofort zur sich bereits schließenden Tür um. Die verblassten gelben Shorts, die man mir gegeben hatte, bedeckten meine Beine kaum. Mit dürren Armen umschlang ich die letzten Überbleibsel meines jugendlichen Körpers unter dem weiten grauen, mottenzerfressenen T-Shirt. Ich hatte kein Interesse daran, mich zu sehen, weil meine Erscheinung nichts von der innewohnenden Seele verriet.

Ja, ich wirkte gebrochen.

Ja, ich gehorchte ohne Widerspruch.

Aber es war mir irgendwie gelungen, die Bruchstücke in meinem Inneren zu etwas zusammenzufügen, das mir wichtig war. Ich war jetzt stärker als nach meiner Ankunft. Ich war nicht länger das weinende Mädchen, das man grob ausgezogen, gewaschen und zusammen mit anderen Frauen katalogisiert hatte. Ich behielt meine Schreie für mich, weil sie dann niemand hören konnte.

Niemand konnte sie gegen mich benutzen. Schweigen war eine Waffe, die ich besser nutzen konnte als Panik. Und wenn das bedeutete, dass ich kein Sterbenswörtchen sagen würde, bis ich wieder frei war, dann war das eben so.

Der Mann drängte sich neben mich, drückte auf den Knopf für das vierte Stockwerk.

Anhand der Nummern auf den Zimmertüren, an denen wir vorbeigekommen waren, hatte ich mir zusammengereimt, dass man mich im zwölften Stockwerk eingesperrt hatte. Wie viele Mädchen waren dort noch? Auf wie vielen Etagen befanden sich Gefangene, die auf ihren Verkauf warteten?

Die Fahrt nach unten war ein bisschen zu schnell, und die Schwerkraft drohte mir den Magen umzudrehen. Ich hielt den Atem an, als sich die Tür wieder öffnete und einen identischen Flur zeigte.

Der Mann drückte mir einen Finger zwischen die Schulterblätter.

Ich machte einen Satz nach vorn. Kein Stolpern. Kein Betteln. Keine einzige Frage und auch kein Flehen.

Es war sinnlos.

Ich rieb mir die Wange, die nur wenige Stunden nach meiner Ankunft vor ein paar Wochen die Schläge einstecken musste. Ich hatte alles Mögliche verlangt. Ich hatte ihnen damit gedroht, was passieren würde, sobald meine Mutter sie fand. Ich hatte mich für eine Prinzessin ausgegeben, mit einem Regiment von Rittern, die nach mir suchen würden.

Die Stiefel in meinem Bauch und die Fäuste in meinem Gesicht hatten mir schnell verdeutlicht, dass alles, worauf ich vertraute, nur eine Lüge war.

»Da lang.« Der Mann deutete nach links, den Flur hinunter.

Ich zitterte, als ich in die angegebene Richtung ging, während der weiche Teppich unter meinen nackten Füßen sein Bestes tat, um mich zu trösten. Das Hotel war die perfekte Umrahmung für das Nichts. Die Temperatur war angenehm, darum fror oder schwitzte ich nie. Die Beleuchtung war gleichmäßig, verhinderte, dass ich die Augen zusammenkneifen oder mich anstrengen musste, um etwas zu erkennen. Jeder meiner Sinne wurde kontrolliert, bis ich vergaß, wie sich der Wind auf meiner Haut oder die Sonne in meinem Gesicht anfühlte.

Würde ich jetzt rausdürfen?

Wohin bringt er mich?

Der Mann ging voraus, schob eine Tür zum alten Fitnessraum auf. Das Hotel musste mal ein Viersterneladen gewesen sein, bevor man es gekauft und ruiniert hatte.

Ich betrat den Frauenumkleideraum mit seinen fleckigen elfenbeinfarbenen Fliesen und den uralten Haartrocknern, die wie Gasmasken aussahen. Ich wartete auf weitere Anweisungen. An einem Haken hing ein Kleidersack, geschlossen, aber durchsichtig, und darin befand sich ein weißes Kleid. Sogar in dem Sack stellten die perlenbestickte Korsage und das Diamanthalstuch auf dem Kleiderbügel klar, dass etwas so Edles nichts an einem dermaßen heruntergekommenen Ort verloren hatte.

Der Mann hinter der venezianischen Maske murmelte: »Geh duschen, mach dir die Haare und zieh dich um. In einer Stunde hol ich dich ab.«

Eine Stunde, um mich herzurichten?

Wofür?

Er beugte sich zu mir runter, und ich konnte frittiertes Essen und Bier an ihm riechen. »Komm bloß nicht auf die Idee wegzulaufen.« Als zwei andere Mädchen hereinkamen, neigte er den Kopf zur Seite und zog sich einen Schritt zurück. »Ah, Gesellschaft.«

Der Aufpasser der Neuankömmlinge deutete auf ähnliche Kleidersäcke an der gegenüberliegenden Wand. Ihre Kleider waren schwarz und grau. »Macht euch fertig.«

Wie die Sinneseindrücke durch gesteuerte Luftzufuhr, Wärme und gewährte Stimuli unterlag auch unsere Kleidung ihrer Kontrolle. Weiß, schwarz und grau. Monoton, ohne einen Hauch von Farbe.

Mein Aufpasser nickte seinem Kollegen hinter der Löwenmaske zu. »Du passt auf. Ich sag dem Boss Bescheid, dass wir fast so weit sind.«

Bisher erschienen in der Reihe DARK ROMANCE:

1 Pepper Winters: *Tears of Tess – Buch 1*
2 CJ Roberts: *Fesseln in der Finsternis*
3 Pepper Winters: *Tears of Tess – Buch 2*
4 Kitty Thomas: *Leckerbissen*
5 CJ Roberts: *Sturm durch die Finsternis*
6 Skye Warren: *Fernweh*
7 CJ Roberts: *Flucht aus der Finsternis*
8 Skye Warren: *Endgame – Buch 1: Der Bauer*
9 Skye Warren: *Endgame – Buch 2: Der Springer*
10 Aleatha Romig: *Consequences – Buch 1*
11 Skye Warren: *Endgame – Buch 3: Der Turm*
12 Callie Hart: *Blood & Roses – Buch 1*
13 Callie Hart: *Blood & Roses – Buch 2*
14 Pepper Winters: *Dollar – Buch 1: Pennies*
15 Callie Hart: *Blood & Roses – Buch 3*

FESTA DARK ROMANCE – die geheimen *Erotic Romance*-Bestseller aus den USA. Ungekürzt und unzensiert. Für Leser, die sich ihre Fantasie nicht vorschreiben lassen.*

FESTA DARK ROMANCE – das sind sexy Romane mit Schilderungen, die für Jugendliche nicht empfohlen werden! Unkonventionelle Liebesgeschichten mit der psychologischen Spannung von Thrillern.

Was ist Dark Romance?
Dark Romance oder *Dark Erotic* ist nicht zu verwechseln mit pornografischer Literatur. Die besteht aus sexuellen Handlungen ohne Handlung. Die *Dark Romance* enthält zwar viele und heftige Sexszenen, doch in diesem Genre dienen sie der Entwicklung der Figuren. Man könnte die Geschichten auch ohne diese Szenen erzählen, aber die Charakterisierungen würden sehr leiden.

Wer schreibt Dark Romance?
Fast ausschließlich Frauen. Ihre Heldinnen durchleiden ein Schicksal voller Schmerz und das verwandelt sie in stärkere Personen. Die Härte und Freizügigkeit der Texte gilt als Ausdruck eines neuen Feminismus.

Woher stammt die Dark Romance?
Aus den USA, später folgten weitere englischsprachige Länder. Seit circa 2005 nutzen die Autorinnen den durch das Internet viel zwangloser gewordenen Umgang mit der Sexualität, um die traditionellen Schranken der Liebesromane zu durchbrechen.

* Sexualität ist das am häufigsten zensierte und unter Beobachtung stehende Thema unserer Kultur. Die Medien sind deshalb prüde und ängstlich: In Deutschland werden die meisten *Erotic Romance*-Romane gekürzt und entschärft übersetzt, sogar Bestseller wie *Fifty Shades of Grey* von E. L. James.
Dabei gilt in Deutschland: »Eine Zensur findet nicht statt.« So steht es im Grundgesetz. Aber überall passiert es, freiwillig und ohne Grund.
Natürlich gibt es in der *Erotic Romance* Schilderungen, die unsere moralischen Vorstellungen verletzen, aber Literatur ist reine Fantasie, keinem lebenden Menschen wird ein Leid zugefügt. Krimiautoren behaupten auch nicht, dass man Menschen töten darf.